Malgré les épreuves, je suis

Aurélie Payard

Malgré les épreuves, je suis

Roman

LE LYS BLEU
ÉDITIONS

ISBN : 979-10-422-2803-3

Chapitre 1
Accident mortel

Marie est une femme parmi d'autres de son village de Nîmes.

Son fils Benoit est handicapé depuis son accident de moto avec son père qui lui est décédé le lendemain matin à l'hôpital suite à un arrêt cardiaque.

C'était en 2018.

Elle se rappelle chaque détail de ce jour si anodin au premier abord.

Un réveil en fanfare de la voisine qui hurle après son chien dehors à 4 h 55.

— N'est-ce pas de l'abus ?

Bref, je me dirige vers ma salle de bain, je ne vais pas vous faire tout le détail de ma routine matinale non plus. Tout le monde sait comment cela se passe.

J'arrive en bas de l'escalier, car oui nous avions à l'époque une maison à étage.

L'idéal, les enfants en haut dans leur univers, et nous les parents tranquilles en bas.

Parent ne veut pas dire ne plus avoir d'intimité, si tu vois ce que je veux dire…

Lenny mon aîné est toujours à péter les plombs avant de partir au lycée, on en a l'habitude cela est devenu une chansonnette à mes oreilles.

C'est le bazar partout et là mon beau et sexy mari qui débarque pour me proposer d'emmener Benoit à son cours d'espagnol plus tard dans la matinée.

J'acquiesce.

Je me prépare en vitesse pour filer au boulot, je suis déjà à la limite pour arriver à l'heure.

666

— BISOU, BISOU MES AMOURS, à ce soir !

777

Lenny prend son sac à dos posé dans l'entrée en vrac, prends ses clés et part direction son bus, écouteurs dans les oreilles, la casquette à l'envers.

L'ado par excellence.

Il ne reste plus que Erwan et Benoit à la maison.

Erwan mon mari est ingénieur et travaille à distance pour être libre de ses faits et gestes.

Il ne supporte pas d'être le pantin de quelqu'un.

Il travaille quand lui l'a décidé et ceci ne se passera pas autrement.

Un caractère de cochon, oui complètement rebelle ce mec, mais je l'ai aimé direct à la seconde où je l'ai vu.

Une bombe, rien d'autre à dire.

Je suis heureuse de vous raconter mon histoire.

J'ai 45 ans aujourd'hui.

Nous sommes en 2024 quand je vous raconte mon histoire.

J'avais 40 ans quand le drame de ma vie a eu lieu.

J'ai envie de vous la raconter cinq ans après, car je suis venue sur terre pour vous transmettre mon histoire.

555

Je suis assise à un café avec mon ordinateur et je tapote mon discours, mon témoignage avec un œil attentif à mon téléphone, je vous raconterai plus tard pourquoi.

Ce jour de novembre 2018, ma vie a basculé si je puis dire, bien évidemment que, avant ce jour, j'avais vécu de grosses difficultés comme tout le monde.

J'étais marrante à cette époque enfin quand j'étais jeune, je dirai, après on essaie de réussir sa vie, et on oublie d'être soi, on croit jouer notre vie à chaque instant, pourquoi ? Je ne sais pas, cela me paraît bien ridicule aujourd'hui.

Il paraît que l'on ne se remet jamais d'une perte, je dirai aujourd'hui que c'est faux, car la perte n'existe pas pour celui qui a appris la vie.

J'étais en pause déjeuner quand le fameux moment du téléphone qui sonne, la tasse à café qui tombe par terre et moi avec a eu lieu.

En vérité, ça a sauté dans ma tête, un câble a sauté. C'était irréel de vivre cela.

Ma réalité fut brisée avec un message sur mon téléphone.

Après cet incident, je n'étais plus dans mon corps. Je ne marchais plus sur le sol ferme et dur, le sol était devenu mou, je passais à travers.

Mon cerveau gauche un brouillard, une partie de moi était terrifiée de perdre l'esprit.

Mes collègues ont tant bien que mal essayé de m'accompagner jusqu'à mon domicile.

Ils voulaient me garder, mais j'ai refusé, car je ne savais pas si Lenny était au courant.

Je n'étais pas seule. Mon fils, je devais m'occuper de mon fils.

Il était 15 h à ma montre quand j'ai pris conscience que je devais me ressaisir avant la rentrée du lycée de mon fils.

Après être allée à l'hôpital de Nîmes dans lequel mon fils Benoit âgé de 10 ans était sous perfusions, le visage tuméfié de bleus et le corps abîmé. Une douleur, une tristesse infinie me traversa en voyant son état, j'ai pleuré tellement fort comme si une partie de moi avait vécu l'accident, car mon fils c'est moi.

Mon Mari était dans une chambre dans un autre service, en neurologie, car l'impact de l'accident a fait exploser son casque et sa tête à taper au sol.

Je marchais dans les couloirs en sentant mes jambes se décontenancer. Je fis un arrêt pour toucher le mur, toucher ma peau, regarder l'extérieur. MA PEINE était si grande, je n'avais pas idée que l'on pouvait ressentir cela à vrai dire.

J'ai vécu la mort en moi.

La mort de ma vie jusqu'alors.

Une sage-femme arriva à ma hauteur pour me retenir de tomber par terre en larmes.

JE ME SUIS EFFONDRÉE.

— Mon fils.

Mon fils.

Mon fils.

Comment j'ai pu… ne pas le protéger de cet abominable accident ?

Comment mon mari a pu avoir un accident avec notre fils ?

Une multitude de questions me traversa d'un coup.

En temps normal, j'étais une femme raisonnable qui ne montrait pas ses émotions en public.

Mais ce jour, je me suis pris un bulldozer en pleine face.

Je n'ai pas pu retenir mes émotions.

Mon mari, je n'ai pas pu le voir au début. Les médecins m'ont indiqué la sortie vu mon état.

L'infirmière m'a donné le numéro d'un spécialiste thérapeute pour moi.

J'ai pris le papier et j'ai tenté tant bien que mal de retrouver ma voiture sur le parking.

— Vais-je réussir à conduire ?

Question que je ne m'étais jamais posée auparavant, mais là à la vue de mes mains qui tremblaient sur le volant et mon absence corporelle, je voyais bien que j'étais un danger pour moi et pour les autres.

Quand la vision de mon fils Lenny me traversa la tête, je mis la clé dans le contact déterminée à l'accueillir à la maison comme il se doit pour lui annoncer la nouvelle.

Je suis la mère, je dois tenir le coup, je suis une mère, je suis une mère.

Voilà ce que je me répétais pour garder ma force mentale et physique.

Sans lui, peut-être que je n'en serai pas là aujourd'hui.

Je suis rentrée, je me suis assise sur une chaise déjà, essayant de comprendre ce qui m'arrive.

Je me suis ensuite, assise par terre dans la cuisine et je suis restée inerte mon sac contre moi, j'étais traumatisée.

Ma vie, moi, plus rien ne serait pareil.

Moi-même je n'étais plus la même, l'angoisse avait pris possession de toutes mes cellules.

Je n'arrivais plus à respirer.

Ni à rester dans ma maison. J'avais juste envie de me jeter à la mer.

En regardant l'horloge, j'ai vu que Lenny était sur le point d'arriver.

— Est-ce que je prépare quelque chose de solennel, je cache mes émotions pour le rassurer ou je reste moi-même carrément éclatée au sol ?

9999

Il arrive, je l'entends à sa démarche dehors. Je ne sais pas vous, mais avoir des enfants c'est comme un fil relié de notre cœur au leur où qu'ils soient.

Il ouvre la porte, je prends mes affaires, il est surpris de me voir, je ne rentre jamais à cette heure-ci.

— Hey Mama ! Que fais-tu là ?

Tu n'as pas eu envie de rester auprès de tes clients chéris aujourd'hui ?

(OUI, j'étais vendeuse dans une entreprise automobile en ce temps-là).

— Chéri, assieds-toi. Il faut que l'on parle.

— Oh ! Génial, ça donne envie de se barrer vu la tronche que tu tires.

Je déglutis.

— C'est quelque chose de ne pas évident à dire, car je veux que tu accueilles…

— Bon vas-y, accouche, y a Tristan qui m'attend on va sortir faire un foot.

Je me rappelle me toucher le sourcil perturbée encore…

— Aujourd'hui, il y a eu un accident.

Ton père et Benoit à moto…

— Quoi ? Pardon, tu dis quoi là ?

— Je dis que Benoit et ton père ont eu un grave accident de moto aujourd'hui merde.

Ne me fait pas dire ça encore une fois je vais vraiment péter un plomb !

Elle échappe son verre par terre (je dirai même que je l'ai balancé par terre, d'un coup j'ai eu l'envie de tout casser, cette énergie si puissante de destruction me prit au corps à ce moment-là…).

C'est dur de ne pas avoir de patience alors que je suis censée être aux petits soins pour mon enfant.

Mes sentiments chaotiques prennent le dessus…

— Tu déconnes ? T'as fumé c'est ça ? Tu nous fais une petite crise de la quarantaine ?

— Putain, mais c'est pas une blague !

Je viens de rentrer de l'hôpital, les deux sont dans un état critique…

— Tu es en train de dire qu'ils vont mourir ?

Le pote de Lenny, Tristan tape à la porte.

Il s'impatiente.

— Tu fous quoi Mec ? Tu crois que j'ai que ça à faire de poiroter comme un con ?!

— RENTRE CHEZ TOI !

— OK.

Lenny prit sa mère dans les bras et se mit à pleurer.

La nouvelle fut très dure à entendre. Lui, qui *n'était pas tactile,* eut un élan d'amour pour sa mère instantanément.

— Que doit-on faire ? Je veux les voir maintenant !

— Mon chéri, les médecins m'ont conseillé d'attendre demain pour une visite, leurs corps respectifs sont sous morphine, les premiers secours ont été faits, ils ont suivi leur protocole.

Nous ne pouvons rien faire, mon amour, je suis désolée.

— Mais je veux les voir, imagine ils meurent et je ne leur ai pas dit au revoir…

— Viens, on va marcher dehors, nous avons besoin d'air. Laisse ton portable ici.

Ils se prirent par la main et sortirent de la maison, main dans la main.

Ils sont partis ce jour-là marcher une heure dans un chemin de nature que tous les deux pour la première fois. Lenny avait 16 ans, nous n'étions plus très proche et ce jour-là nos cœurs se sont liés pour toujours.

Nous avons pris conscience, l'importance d'une famille. L'importance d'être ensemble sans toutes ces distractions extérieures, car à tout moment, l'un d'entre nous peut nous quitter.

Chapitre 2
Un terrain inconnu

Le lendemain matin, Lenny était vraiment sous le choc de l'annonce de cet accident qui a touché son père et son frère. Une question le hantait depuis.

— Vais-je revoir mon petit frère et mon père en vie ?

444

Il regardait par la fenêtre comme pour chercher une réponse et se rendit compte que c'était stupide.

Bah oui, un mec dans le ciel va me dire que ça roule ma poule que tout le monde est guéri, mais bien sûr… il soupire et regarde à nouveau les arbres qui bougent en face derrière la maison des voisins. Le vent, le mouvement des feuilles, le bruit des voitures au loin sur la route.

L'horloge qui fait ses tic-tac habituels. Lenny attentif à chaque élément qui l'entoure comme pour être en lien avec l'univers.

Son cœur refuse l'idée de vivre sans Benoit, il voyait déjà tellement de projets communs et son père son EXEMPLE.

IL se demande.

— Et si je me retrouve seul ?

Maman pourrait se suicider ?

Pfioouuu, je pars en vrille… je vais faire une dépression merde…

J'aime trop la vie c'est pas possible.

Je me dois d'être fort justement pour soutenir maman.

Son monologue dans sa tête continua un moment quand le téléphone sonna.

Ce fut le premier déclenchement de ma crise d'ado.

3 2 1.

— Allo ?

— Oui, bonjour, ici le médecin Jean Moulinis. J'appelle au sujet de votre frère et votre père comme convenu avec votre mère, je suppose…

— Oui, je vous écoute…

— Pourrais-je avoir Madame au téléphone s'il vous plaît jeune homme ?

— TU VAS ME DIRE SI MON FRÈRE ET MON PÈRE SONT EN VIE MERDE !

C'est la phrase que j'aurais voulu dire, mais par respect pour ma mère je lui ai passé le téléphone à la fois furax et tétanisé.

Marie prend le téléphone, son teint est pâle, elle n'est visiblement pas prête à entendre la sentence.

— Oui Docteur, ici Marie Marciel, je vous écoute.

— Madame, j'ai dans le regret de vous annoncer le décès de votre mari.

Une crise cardiaque ce matin l'a emporté.

Il enchaîne.

Votre fils, lui, est sauvé, du moins, sa vie est sauve. Seulement son état psychologique et corporel est touché, nous pensons qu'il restera handicapé.

— Très bien monsieur Moulinis. (Marie garde son sang-froid au téléphone).

Quand pouvons-nous mon fils et moi venir à l'hôpital pour la suite des événements ?

— Aujourd'hui vers 14 h pour la visite du petit. En ce qui concerne le service funéraire, nous prenons en charge les démarches et nous vous ferons parvenir les documents à signer et si votre mari était donneur d'organes.

— Oui il l'était. Merci pour l'appel, je dois raccrocher maintenant afin d'informer mon fils de la situation. À tout à l'heure.

Elle raccrocha.

Lenny resta à la regarder, ses bras se balançaient pour garder l'équilibre.

— OK !

Tu es prêt ?

— Bah oui, ai-je le choix ?

— Ton père est décédé mon cœur.

Bizarrement quand ses mots sortirent de sa bouche, la réaction fût innatendue, ils se mirent tous les deux à éclater de rire.

Tellement cette situation leur paraissait grotesque.

Quand tout un coup Lenny CRIE :

— TU VOIS, je te l'avais dit que je ne dirai pas au revoir !

Je n'ai pas pu voir papa avant sa mort ! C'est de ta faute, j'aurais pu le voir hier, t'as merdé grave je ne pourrais jamais te le pardonner !

— Je te dis que le médecin n'autorisait pas les visites !

Lenny partit dans sa chambre en claquant la porte.

Et c'était parti pour le retournement de tout ce qui était devant lui, il mit ce jour-là sa chambre en ruine.

Marie, elle, suffoqua… en pensant réellement que l'amour de sa vie était mort.

Et son fils démuni de sa liberté d'être indépendant.

Elle aussi prit tout ce qui lui passait sous la main et le jeta contre les murs.

Dans la maison N° 5 bis, rue des tourterelles sises à Nîmes, un boucan faisait rage.

La mort, les traumatismes et ses ravages…

Ils se demandèrent s'ils étaient capables de sortir de chez eux dans cet état.

Mais ils ne pouvaient pas laisser une seconde de plus Benoit loin d'eux.

Ni une ni deux, ils montèrent dans la voiture direction l'hôpital.

Arrivés, Marie connaissait bien le chemin l'ayant parcouru la veille. (Triste réalité se dit-elle).

Elle n'avait qu'une idée en tête, étreindre son enfant et ne plus le quitter.

En ce qui concerne son mari, son rôle de mère avait pris le dessus.

Elle savait dans son cœur qu'elle s'occuperait d'elle plus tard.

Sa priorité, ses enfants.

Lenny pris de vertiges resta dans la salle d'attente.

Être dans ces lieux rendait la situation bien réelle.

Une infirmière prit l'initiative de rester à ses côtés et assura à la mère qu'elle se portait, volontiers, responsable de sa sécurité le temps que Marie retrouve Benoit.

Son état n'avait guère évolué, elle se contenta de poser sa main sur la sienne. Benoit était endormi.

Elle ne savait pas si elle en voulait à son mari maintenant mort en plus, à croire qu'il n'aurait jamais supporté de voir ce qu'il avait fait à son fils…

Le silence qui régnait dans la chambre à part le bruit des machines l'apaisait, c'est comme si à ce moment précis elle était en train d'atterrir dans une nouvelle version de sa vie.

Intégration des informations…
Constat réel… Adaptation…

Je dois rester solide, je dois rester solide. Elle prit une profonde respiration comme si elle cherchait en elle une force jusque-là méconnue.

Elle avait appris à devenir une femme forte indépendante avant de rencontrer son mari et les épreuves ont réussi à la maintenir forte malgré ses douleurs personnelles, construire un foyer, être mère, chaque étape avait fait éclore en elle plus de force et d'ancrage qu'elle n'aurait pu imaginer.

Sa présence était indestructible, elle en prit conscience ce jour-là.

En vivant le pire, sa lumière intérieure prit toute la place.

Il était hors de question de vivre une vie mortifère.

Marie aime la vie. C'est une mère aimante.

111

À croire que les anges sont toujours à ses côtés à chaque étape de sa vie, elle n'est jamais seule.

Le retour au domicile se vit comme un calvaire clairement, non seulement ils n'ont pas pu ramener Benoit à la maison, mais en plus, l'ambiance de leur maison ne sera plus jamais la même.

— Que faire ? Laisser passer du temps ? TOUT JETER ?

Il va falloir tout réaménager pour Benoit… elle veut que sa maison soit à l'ordre du jour.

Bien évidemment, des voisines commencent à débouler devant leur demeure, en quête de potins…

C'est Lenny qui prend du poil de la bête et se fait un plaisir d'aller les accueillir avec sa grande générosité hypocrite.

Il commence à se dire qu'il aidera sa mère à se débarrasser des corvées.

Marie lui sourit avant qu'il ne passe la porte.

Elle se remet en question par rapport à son travail vu qu'elle travaille en 35 heures, que son mari n'est plus là, que son jeune enfant de 10 ans est finalement handicapé… Tout change…

Elle prend la décision d'appeler son travail pour prendre rendez-vous avec son patron.

— Allo Claude, c'est Marie oui, Marie, la femme sexy en jupe, ouii si tu veux, peux-tu me passer Pierre, s'il te plaît ?

— Pierre, il est parti une semaine en vacances, faudrait peut-être te tenir informée, ma cocotte.

— On va dire que j'ai des événements soudains dans ma vie à prendre en compte mon coco.

— Oooh, ça va, on a tous une vie bien remplie d'ailleurs j'ai autre chose à faire que d'entendre tes jérémiades, sachant que tu n'es pas venu bosser depuis hier…

Ghislaine coupe la parole à Claude, prend le combiné du téléphone.

— Pousse-toi, imbécile. Allo, Marie ?

888

— Oui Ghislaine, merci de prendre le relais, qu'est-ce qu'il me fatigue celui-là.

— À sa décharge, il n'était pas là hier, il ne sait rien… (elle se retient d'en dire plus à son sujet sachant qu'il se trouve juste à côté par délicatesse).

Comment puis-je me rendre utile ma grande ?

— J'aurais voulu discuter, prendre rendez-vous avec Pierre pour l'informer de ma situation, mais apparemment il est parti une semaine en congé ?

— Oui, ne t'inquiète pas je prends le relais.

— Ah, je suis rassurée. Marie tourne en rond dans sa maison, en parlant elle fait les 100 pas, car elle essaie de garder le contrôle sur la situation alors qu'elle ne sait absolument pas ce qui va arriver.

Certes, elle a déjà vécu seule, ce n'est pas cela qu'il l'inquiète à ce moment-là, c'est plutôt l'inconnu pour ses enfants. Si elle était seule, elle ne serait pas inquiète, mais là gérer les traumas et la nouvelle vie de ses enfants… c'est une autre histoire.

111

Dis-moi, je ne sais pas comment je vais devoir m'organiser, je ne sais pas si tu es au courant, mon mari est décédé et mon fils est certainement handicapé maintenant alors pour le travail je dois me réajuster, tu comprends ?

(Un silence de plombs prit place un instant).

Allo ? Ghislaine, tu es là ?

— OUI, c'est juste que je suis sonnée d'entendre ces nouvelles.

As-tu du soutien de ta famille, amis ?

— Pour l'instant, je suis avec Lenny mon grand, je n'ai pas eu le temps de faire l'annonce générale de ce qui nous arrive et à te dire vrai, je n'y avais pas encore pensé.

— Franchement ma grande, prends ton temps, je vais te mettre en arrêt, je t'offre des congés payés pour cette semaine et on verra la suite avec Pierre à son retour.

— Mais tu es sûre que tu as le droit de faire cela ?

— On va dire que je le prends le droit, tu es mon amie avant d'être ma collègue alors… c'est comme si c'était fait, je me porte garante de cette décision, c'est moi la patronne haha…

— OK. Merci.

Après tout ce temps, je me rappelle à quel point j'ai été entouré à chaque passage par des anges terrestres, peu importe l'état que je vivais intérieurement et celui que je montrais extérieurement.

Je savais à mon âge 40 ans que j'étais une femme plutôt éveillée grâce aux expériences et l'apprentissage que j'ai eu à travers toutes mes destinations de vie.

Mais perdre son mari c'est quelque chose que je ne souhaite à personne, car la perte de son mari de sa moitié et en plus voir son enfant devenir handicapé c'est terrible.

Là, je ne sais pas comment décrire la douleur, les troubles qui se sont incrustés dans mon corps à ce moment-là, furent d'une lourdeur incommensurable. J'ai pu traverser tout cela et être ici au soleil 5 ans plus tard à boire un cocktail en vous racontant tout cela…

Certains diront la résilience, d'autre le déni, ou la folie, moi je dirai la vie.

Chapitre 3
Aimons-nous

Rassurée de la bienveillance de son entourage autant à l'hôpital qu'à son travail, il était temps de faire face à la famille.

— MERRRDE !

Cette connasse de Charlotte va encore en faire des caisses pour se faire remarquer, oui je parle de sa sœur complètement hystérique, je vous jure, incontrôlable, elle va encore faire son show comme si elle vivait sa propre mort…

Bon je me dirige vers ma chambre, et je m'assois sur mon lit.

— Est-ce que je dois appeler tout le monde maintenant ou ai-je le droit à un moment de répit ?

En même temps, tu imagines tiens ton frère est mort, j'annonce ça trois semaines plus tard, géniiiaaaaal.

En plus il va y avoir l'enterrement, Benoit qui est encore à l'hôpital, je ne sais même pas s'il sait que son père est mort.

Est-ce que je ne vais pas trop vite ?

Je n'en sais rien, je n'ai jamais vécu cela avant… alors vraiment merde, merde, merde encore, il y a quoi, 2 jours, je leur disais au revoir mes amours, comment je vais faire pour ne plus serrer dans mes bras mon amour comment c'est possible de vivre comme cela ?

Erwan comment tu as pu partir comme cela ? SANS MOI ?

J'ai si mal en moi et je dois gérer tous les événements qui arrivent, comment vais-je faire ? J'aimerais juste que tout ceci ne soit juste un cauchemar aidez-moi je vous en prie !

Je ne réalise pas que, plus jamais, je vais voir ton visage, ton corps contre le mien. Elle soupire et revient à elle en pensant à Lenny.

Il est parti voir sa copine pour lui annoncer la nouvelle et certainement trouver du réconfort auprès d'elle.

Mon fils qui vient de perdre son père à 16 ans, comment va devenir sa vie… oh lala j'ai tellement peur qu'il dérive… (Et ce fut le cas).

Bon je vais appeler la mère d'Erwan, je ne sais même pas si l'hôpital la tenue informé ou pas.

Allez, c'est parti, elle prend son carnet d'adresses et de numéros de téléphone.

Sa belle-mère et elle n'étaient pas amies, ni proches, et tout le monde s'en accommodait.

Marie tape sur son téléphone portable les numéros et se rend compte qu'elle n'a même pas le numéro de sa belle-mère Catherine dans son téléphone alors que cela fait 18 ans qu'elle était mariée à Erwan.

Il SOONNE.

— Oui Catherine, ici Marie, je me…

La voix rauque de Catherine la coupe.

— Je sais.

— Ah ? Pour Erwan ?

— Oui et pour Benoit aussi, nous viendrons pour l'enterrement qui a lieu ce jeudi donc je te dis à 9 h chez toi jeudi. Je préfère ne pas m'étendre pour le moment.

— Très bien. Merci de m'informer de tous ces détails importants, je n'avais pas eu le retour.

— Je raccroche maintenant, répondit Catherine les dents serrées.

Bon bah au moins la famille de Erwan est au courant, je vais appeler la mienne maintenant et je vais pouvoir retourner voir mon fils Benoit.

Elle trouve Maman dans son téléphone :

— Maman, c'est Marie.

— Oui mon cœur, comment vas-tu c'est toujours d'accord pour la tombola de vendredi ?

Je me suis dit à ce moment-là que tout avait périclité dans ma tête, plus aucun projet n'y était inscrit, le trou noir.

— Euuh, c'est-à-dire, qu'il y a eu du change…

— Cacahouète, arrête, il y a Marie au téléphone, excuse-moi chérie, tu connais Cacahouète, toujours à réclamer des bisous, alors vendredi la tombola, tu passes me prendre à 11 h 30 comme ça on mange ensemble et on y va après d'accord, je dois te laisser j'ai ma cocotte sur le feu chérie.

— Mamannnn, j'ai quelque chose d'important à te dire.

— Alors, attends, je vais éteindre le feu, tu m'appelles toujours au bon moment rigole la mère.

Marie eut un nœud dans la gorge parce que ça commençait à faire beaucoup, elle voulait à ce moment précis une pause pour elle pour souffler.

— Bon tu es là ?

— Oui dit moi qu'est-ce qui ne peut pas attendre vendredi ?

— La mort de Erwan et de ce fait son enterrement jeudi.

— Whooh tu me sors ça comme ça, mais tu es folle tu veux que je me fasse une crise cardiaque ?!

— Il est mort d'une crise cardiaque alors si tu pouvais éviter cette expression.

— Ohlala, tu veux que je vienne ?

— Je n'ai pas fini, Benoit est handicapé.

— MAIS COMMENT TU PEUX ME DIRE TOUTES CES INFORMATIONS COMME CELA ! cria sa mère horrifiée, elle se mit à pleurer.

— Comment veux-tu que je fasse autrement je suis épuiséééé ?

Maintenant, pardonne-moi pour le choc, mais j'ai besoin d'être seule un moment je te rappelle ce soir d'accord ?

— Oui, quand je vais dire ça à ton père ohlalalaa…

— À tout à l'heure maman.

Elle raccroche et ouvre la fenêtre de sa chambre pour prendre l'air.

Elle a autant envie de hurler que dormir pendant 3 jours.

Chapitre 4
Dépendance

Après avoir pris un moment, elle appelle Lenny pour lui dire qu'elle se dirige vers l'hôpital pour retrouver son frère et lui demande s'il veut venir ou s'il préfère rester avec sa copine.

Celui-ci préfère rester avec sa copine.

Marie accueille sa réponse et le respecte.

Elle va donc retrouver son fils seule, ne sachant pas encore que ce chemin, elle allait l'emprunter pendant des mois.

La femme de l'accueil, chaleureuse, reconnaît son visage et lui donne l'autorisation d'aller dans un premier temps dire au revoir à son mari. Ne l'ayant pas encore vu… mort.

En réalité elle avait besoin de vivre cet instant seule sans Lenny ni Benoit. C'était un instant sacré entre elle et son amoureux.

Il n'y avait plus de rôle de mère, juste une femme devant le cadavre de l'amour de sa vie.

Quand la porte s'ouvrit pour le voir, elle eut un moment de recul, ne voulant pas affronter cette réalité. Elle prenait conscience de la dépendance qu'elle avait malgré elle envers son mari.

Logique en vivant ensemble depuis si longtemps, c'était naturel pour moi qu'il soit à mes côtés chaque jour. Je n'étais clairement pas préparée à voir son corps sans vie.

— S'il vous plaît madame, soyez attentive, vous avez le droit à 10 minutes seule avec lui après nous l'emmenons à la morgue.

Marie prend une grande inspiration, se gratte même se griffe la nuque sans faire exprès, ses cheveux se déplacent vers le devant.

— D'accord.

L'homme sortit de la pièce après avoir enlevé le drap du visage d'Erwan.

Je me souviens avoir senti mes mains et tout mon corps se glacer comme si j'étais morte avec lui à ce moment précis.

Avec le recul je me vois si jeune, mais en même temps si courageuse d'avoir vécu cela seule.

J'ai eu l'instinct de déposer mes lèvres sur les siennes, je ne voulais pas perdre 1 seconde avec son corps physique qui pour moi été inconcevable à quitter à jamais.

Une larme coula sur sa bouche au moment de notre baiser. Mon âme d'enfant aurait souhaité que mon amour le réveille comme dans les dessins animés, mais mon regard d'adulte accepta de vivre ce moment comme le dernier avec cet homme qui a béni ma vie d'amour et de rire de sa présence si parfaite.

Encore aujourd'hui je le cherche quand je sors dans la rue, j'espère toujours entendre sa voix.

Cet espoir ne me quittera jamais je le sais, c'est inscrit en moi non pas par dépendance, mais par amour profond.

Il est en moi et son corps me manque et manquera toujours.

— Les 10 minutes sont terminées, madame.

— Bien, je me mis sur lui une dernière fois mon cœur contre son cœur symboliquement.

— Avez-vous besoin d'aide pour sortir madame ?

— Non, par contre en ce qui concerne mes fils, comment pourront-ils lui dire au revoir ?

— Juste avant l'enterrement, il peut être exposé le cercueil ouvert pour que les proches puissent leur faire ses adieux.

— MERCI.

Elle regarde une dernière fois cette scène pour la marquer en elle de façon indélébile.

Puis alla de ce pas retrouver son fils, elle sentait son appel à l'intérieur d'elle-même, seules les mères connaissent cela.

Quand la porte fût ouverte, elle vit enfin les yeux ouverts de son fils au bout de plus de 2 jours qu'il lui parut une éternité.

— Mon amouuuuuur. Je suis là, maman est là.

— Maman j'ai un peu mal…

— Oui mon cœur, ça va allait…

— Pourquoi, je suis ici alors que j'allais à l'école avec papa ?

Elle sourit à son fils pour le rassurer, mais montra son inquiétude à l'aide-soignante présente, car elle ne savait pas ce qu'il était préférable de garder confidentiel pour le bien-être psychologique de son enfant vu les séquelles dont il faisait preuve à ce jour.

Les regards échangeaient discrètement concluaient de se tenir au minimum d'information pour l'instant qui pourrait heurter la sensibilité et la santé de son fils.

— Papa t'a accompagné à l'école et vous avez eu un petit accident mon chéri donc les supers pompiers vous ont amenés ici pour vous chouchouter tu comprends ?

— Oui et papa il va bien ?

Benoit était peut-être jeune, mais pas bête.

Pour Marie qui disait toujours la vérité, ce fut très difficile de mentir, mais pour préserver son fils, elle prit la décision la plus juste.

— Papa est à côté mon bébé repose toi. Tout va bien.

Elle vient de vivre le plus difficile moment de sa vie, dire au revoir à l'amour de sa vie et elle se retrouve là à rassurer son enfant dans l'amour absolu.

Elle comprend que son corps a été violemment touché autant mentalement que physiquement, et ça lui fait mal.

L'accident lui a fait percuter la partie droite de son corps sur le béton, son bassin a été fracturé et sa colonne déformée, il devra vivre sa vie dans un fauteuil roulant et son cerveau a eu un choc, il est possible qu'il retrouve ses facultés cognitives, mais il se peut qu'il garde un ralentissement de la pensée immédiate dû à un hématome qui s'est logé dans le cortex cérébral.

Marie savait que quoiqu'il advienne, elle donnerait son maximum pour qu'il souffre le moins possible.

Elle demanda à l'infirmière en aparté.

— À quel point souffre-t-il ?

A-t-il un traitement à vie ? Comment ça se passe ? Et pour l'école ?

— Sachez, madame, que votre réaction est tout à fait naturelle. Nous allons avancer par étape en suivant progressivement son évolution qu'elle soit évidemment remplie de vagues involutives et évolutives.

— Je ne comprends pas tout, mais d'accord, je comprends que vous allez nous accompagner à travers tous ces changements ?

— C'est exact, il est important de mettre en place un espace de thérapie pour vous et vos fils.

— D'accord.

— Benoit va rester ici quelque temps le temps que notre diagnostic soit stabilisé pour un retour optimal à domicile.

— Pour l'enterrement de son père qui est après-demain comment fait-on ?

— Je vais en informer le médecin et je vous informe demain sans fautes.

— Merci de votre aide si précieuse, vous n'avez pas idée comme je suis soulagée de votre soutien et de votre accompagnement.

— Nous sommes à vos côtés madame vous et votre famille.

— Je vais rentrer pour me déposer avec moi-même. Puis-je l'embrasser avant de partir ?

— Bien évidemment.

— Mon chéri je vais rentrer à la maison pour m'occuper de ton frère et je reviens demain (sa pensée est de demander à rester auprès de lui pour la nuit, l'infirmière s'en rend compte et prend le relais de la conversation).

— Oui, maman rentre à la maison, aller, nous on va jouer ensemble avant la toilette, le dîner et le dodo.

Marie regarde l'infirmière d'un regard reconnaissant, car celle-ci prend en considération son état de santé, car elle est mère oui, mais une femme aussi qui a besoin de repos et de s'épancher sur son propre chagrin.

— À demain, mon amour, soit sage et je reviens vite, je t'aime.

Marie sort de l'hôpital, il fait nuit.

Elle voit son téléphone, des messages de Lenny lui disant qu'il a l'accord des parents de sa copine pour rester dormir avec elle.

Marie se sent soulagée, elle se dit que depuis ce message dramatique elle n'a pas eu un moment à elle seule. Elle a fait ce qu'elle avait à faire, mais elle se dit fortement.

Il était temps !

Elle se dirige à sa voiture et lâche prise… son corps commence à trembler.

Elle s'assoit dans sa voiture et se dit qu'elle doit rentrer avant que son corps parte en vrille.

En réalité elle aime être dehors, elle ressort de sa voiture, s'appuie sur sa portière, marche quelques pas dans la nuit, dans la fraîcheur. Elle voit un banc et s'arrête, s'assoit.

Elle met ses mains sur son visage. Elle se demande comment elle a pu vivre tous ces événements si intenses en même pas 3 jours.

Elle fait le vide et se colle le dos sur le banc, laisse sa tête partir en arrière et regarde les étoiles.

— Tu es rentré à la maison… dit-elle avec un sourire en pensant à son mari.

Alahala l'air frais me fait tellement du bien si tu savais.

Je vais continuer mon chemin chéri, tu le sais.

Elle décide de retourner à sa voiture, regarde sa montre 18 h 58.

Je vais aller m'acheter un truc à manger, me faire une soirée solo, cela fait une éternité que ce n'est pas arrivé. Ma nouvelle réalité, bonjour.

Elle démarre sa voiture, elle s'arrête au supermarché qui se trouve sur son chemin et décide de se laisser porter par l'instant présent. Elle erre dans le magasin… Elle choisit de prendre une bouteille, elle a besoin de boire, elle le sent. Elle a besoin de manger du gras aussi après cette tornade émotionnelle.

Feuilleté à la saucisse et soupe avec ma bouteille de vin, voilà je valide.

Sans oublier le chocolat.

Elle passe en caisse et se prend dans les bras délicatement discrètement comme si c'était son mari qui l'a serrée dans ses bras.

Ce fut un instant bref, mais elle a ressenti l'amour pur de son mari et cela lui a fait un bien fou.

Elle paie ses courses et rentre chez elle.

Quand elle se gare devant, elle se dit qu'elle ne veut plus vivre ici c'est évident.

Elle rentre et voit l'atmosphère qui n'a plus lieu d'être.

Dans un premier temps elle pose les courses sur la table.

Regarde la guitare de son mari posée sur le canapé, il lui jouait sans cesse des Sérénades.

Surtout pour la faire rire. Elle sourit.

Tout dans la maison faisait écho à leur famille qui n'est plus.

Elle décida de s'asseoir un instant. Elle prend un verre devant elle avec la bouteille et se sert. Elle trinque à la vie en étant ironique.

Merci de m'avoir pris mon mari et d'avoir handicapé mon fils c'est foooormidaaaaable !

Quels cadeaux wahouuuuu !

Elle montre son verre au plafond et se mets à pleurer.

— Qu'ai-je fais pour mériter ça ?

QU'AI-JE FAIS POUR MÉRITER ÇAAAA ?

Elle ressent un bonheur d'être seule afin d'exprimer sa rage.

Une part d'elle fait en sorte d'accepter pour garder les pieds sur terre, mais une autre part veut tout exploser et ne plus vivre du tout.

Viens me chercher mon amour, je ne peux pas vivre sans toiiiiii…

Je garde la face devant les enfants et tout le monde, mais je suis brisééé briséeeeeeee.

Entends-tu ?

Je SUIS BRISÉE ÉTERNELLEMENT BRISÉE.

Comment veux-tu que je continue ? Ma vie n'a plus de sens sans toi.

Elle décide d'aller prendre une douche, elle s'assoit dans le bac, car elle est à bout de forces.

Elle sent qu'elle va devoir se faire aider vraiment. Elle n'avait déjà pas idée de toute l'aide qu'elle recevait du ciel.

Tout se déroule comme prévu, se dit-elle.

Comment puis-je dire cela ? Mon mari est mort, mon fils handicapé et tout ce passe comme prévu ? C'EST UNE BLAGUE ?

TU découvriras que tout à une raison d'être, entend-elle au coin de l'oreille.

Un ANGE passe.

333

Elle fait couler l'eau et se laisse imbiber par celle-ci et du savon, pour laver tout son mal-être.

Elle voudrait juste dormir et se réveiller auprès de Erwan et voir son fils en Santé.

Évidemment ce n'est pas ce qui arrivera, elle devra continuer sa vie comme elle peut au mieux pour sa destinée.

Elle sort de la salle de bain, elle n'a même pas envie de manger, elle choisit de s'allonger dans son lit. Replier sur elle-même. Une partie d'elle terrorisée et une autre dans l'acceptation. Très étrange mélange.

Quand elle commence à s'endormir, son téléphone sonne !

Elle sursaute, elle pense à Erwan.

Et non c'est Lenny…

Les conneries commencent…

Ce n'est pas vraiment Lenny, mais la Police.

— Lenny ? dit Marie enivrée par l'alcool et la fatigue, n'ayant pas mangé elle était vraiment à côté de ses pompes.

— Madame Marciel, ici le commandant Abel, votre fils est dans notre service pour effraction d'un commerce.

— Mais quoi ?

Vous êtes sûr que c'est mon fils ? Il n'a jamais fait ce genre de…

— Madame veuillez prendre note que nous gardons votre fils en garde à vue.

— Mais c'est pas possible.

Je peux venir le chercher demain ?

— Non, on le garde pour 48 h il est en cellule de dégrisement.

— Sérieusement vous me faites une blague ? Allez Simon arrête tes conneries ce n'est pas le moment.

— Je ne sais pas qui est Simon maintenant vous êtes tenu informé. Lenny Marciel est retenu ici 48 h et nous verrons de la suite de la procédure.

— De la procédure ?

Le commandant lui raccroche au nez.

Décidément sa vie à carrément basculée dans une autre dimension se dit-elle.

Elle ne sait clairement plus comment réagir, tout est devenu fou, invraisemblable.

Il y avait 3 jours, tout était harmonieux et d'un coup tout se démolit.

Elle décide de s'endormir, ce fut trop pour elle.

Réveillée en sursaut, elle regarde son réveil à 4 h 44.

Des pensées la traversent, l'effondrement de sa vie. 7

Sa vision change, elle se voit sur scène avec une robe noire moulante raffinée en train de chanter avec une voix si sublime, une grâce extraordinaire, un collier de diamants, une élégance. Une beauté.

Elle se dit qu'elle est repartie dans un rêve alors qu'elle saura bien plus tard que ce fut un flash prémonitoire.

Elle se rendort.

Ce réveil voit 10 h affiché…

Elle n'a pas envie de se lever.

Check up du matin :

1. Mon mari est DEAD.
2. Mon petit handicapé.
3. Mon grand chez les flics.

Mais dit moi, ma vie est fantastique. Elle se frotte le visage, remets la couette sur elle.

Chapitre 5
Désespoir

Chaque jour est un cadeau, voilà la phrase qu'elle lit sur le sachet de son thé.

Elle lève les yeux en l'air style, arrêtez de jouer avec mes nerfs…

Je crois que le plus dur pour elle à ce moment précis c'est de savoir son fils handicapé. Pour elle, il n'y a rien de pire au monde que de vivre à moitié.

Elle se sent impuissante et en colère de savoir que son fils ne pourra plus marcher, courir. Vivre dans sa pleine puissance.

Être privé de son corps c'est être privé de sa vie.

Ne plus pouvoir bouger et avoir mal, seuls ceux qui vivent cela peuvent le comprendre. 7

Être privé de son droit fondamental de se mouvoir au gré de ses envies.

Elle se dit qu'il n'aura plus une vie ordinaire. Simplement d'aller à l'école, aux toilettes, tout seul. Toute sa vie est impactée. La douleur psychologique d'être coincé dans un corps qui ne répond plus.

La frustration de non-vie.

Il ne pourra pas danser, nager, faire l'amour ou dormir dans les bras de son amour comme il le désire sans avoir mal.

Il ne pourra pas conduire, aller où il veut quand il veut. Il est limité et cela me fait mal à en crever.

Vous comprenez ?

Tout le monde pense que la santé est acquise, c'est terriblement faux.

En un instant, la vie peut vous être ôtée ou la vie de l'un de vos proches ou déclencher des troubles psychologiques, l'angoisse, ou votre corps est imprégné de douleurs si profondes que vous ne comprenez même pas d'où cela peut provenir.

Des douleurs au quotidien est-ce vraiment cela vivre ?

Mon fils va vivre cela désormais et moi-même je suis touchée.

La santé est primordiale, prenez en soin à chaque instant, cesser de vous négliger.

Je suis prête à affronter cette journée sachant que demain c'est l'enterrement d' Erwan, je dois m'acheter une tenue adaptée et des mets pour recevoir tous les gens qui seront présents. Je n'ai invité personne donc je ne sais pas du tout ce qui sera.

Et à vrai dire j'ai mal au crâne rien que d'y penser.

La sonnette de la porte d'entrée retentit.

C'est la voisine de la maison de gauche qui vient prendre de mes nouvelles en m'apportant à manger.

Elle m'explique qu'il y a eu une parution du décès d' Erwan dans le journal pour que tous ceux qui souhaitent venir à l'enterrement soient présents.

Je pensais que c'était à moi de dire au prêtre qui a le droit d'être là ou pas, au final ça m'arrange, j'ai juste à aller chercher ma tenue et on verra.

JE N'AI PLUS ENVIE DE CONTRÔLER QUOIQUE CE SOIT.

Je vais passer prendre une tenue, pour Lenny il ira en clochard ça m'est égal, il assumera ses conneries. Il me tarde une seule chose c'est de retrouver mon bébé Benoit.

En plus, il ne sait pas pour son père, je vais voir avec l'infirmière quelle décision prendre au mieux pour lui et son développement.

Je sais déjà que je ne peux pas le priver de la vérité.

La voisine continue de me parler alors que je divague dans mes pensées.

J'écourte donc la conversation en la remerciant de sa gentillesse et en lui expliquant que je suis appelée ailleurs ce qu'elle comprend sans me retenir.

J'étais même pas habillée, je vais me rafraîchir comme je peux, l'idéal serait de faire mes courses ce matin et passer le maximum de temps avec Benoit selon son rythme.

Ni une ni deux, j'enfile une robe, mes talons, et je file à la boutique chic du coin pour faire honneur à mon défunt mari.

Je pense à Lenny, mais je suis furax après lui donc je n'ai même pas envie de lui prendre un costume, mais en même temps il ne va pas y aller en guenille, déjà qu'il va falloir le passer limite dans la machine à laver pour enlever l'odeur de l'alcool et de la prison.

Et Benoit, un costume ?

JE SUIS DÉPITÉE. Je me sens trahie par la vie avec tout ce qui arrive.

Un pied dans le magasin et c'est parti, je vais éviter de m'afficher publiquement, j'ai eu ma dose.

Le vendeur assez classique et aimable se présente à elle.

— Bonjour, madame, bienvenue chez « Votre Avenir ».

Puis-je vous conseiller ?

— Bonjour, merci. Je suis ici, car l'enterrement de mon mari a lieu demain à l'église et je n'ai pas de tenue à me mettre, tout est arrivé soudainement.

— Madame, asseyez-vous, Martine apporte un thé à notre invitée.

— Votre invitée ?

— Oui, nous prenons à cœur de vous recevoir dans la meilleure des conditions, car pour vous cet événement est si tragique…

Marie commence à se dire dans sa tête qu'elle est tombée sur un showman et qu'elle n'est pas sortie de l'auberge, encore un fada.

— C'est très gentil à vous, c'est que je n'ai pas beaucoup de temps devant moi.

— Ooh chez « Votre Avenir » nous allons à votre rythme ma Chère.

Tenez de quoi vous revigorer. Martine, les gâteaux, Voyons ! Mais quelle empotée !

Permettez-moi de vous dire que vous avez une mine abominable ma chérie c'est terrible.

Il prend son téléphone pour composer un numéro…

333

Marie croque un morceau de gâteau et rigole, car elle n'a jamais vu un personnage aussi surprenant. À première vue, il paraissait si rigide et une fois le contact établi, une vraie diva remplie de bonnes attentions.

— Monsieur ? Madame ? Je ne sais plus trop du coup, marmonne-t-elle.

Je souhaite voir vos tailleurs s'il vous plaît.

— Mon ami Larson arrive ma belle avec tout son attirail beauté.

— Je suis juste venue m'acheter un ensemble s'il vous plaît, je ne me sens pas très bien déjà…

— Oui, c'est bien pour cela que vous allez vous laisser faire, il est temps du coocooning.

— Vous n'êtes pas un Spa à ce que je sache ?

— Non, mais vous être chez « Votre Avenir » ici prononce-t-il (en faisant les guillemets avec ses doigts) et nous vous traitons comme la Reine que vous êtes peu importe vos états d'âme.

— Vous êtes vraiment quelqu'un de très sympathique sauf que je suis attendue à l'hôpital, mon fils m'attend comprenez-vous.

Sortez-moi un costume de femme gris et cela ira très bien.

Le vendeur regarde la silhouette de Marie puis disparaît dans ses rayons.

Martine demande à Marie si elle souhaite une autre tasse de thé à la menthe et comme celle-ci refuse gentiment, Martine lui suggère de reprendre la tasse servie pour lui libérer les mains.

Marie apprécie le geste.

Elle se met à regarder par elle-même les habits proposés sur les cintres.

Elle se surprend à penser au vendeur qui ne fait plus un bruit… elle trouve cela bizarre.

Bien sûr que ce moment de répit aura été de courte durée vu que la porte s'ouvre c'est Larson qui entre.

— Hola Martine la sexxxy Nana, où est notre cliente, cette veinarde qui va passer entre mes mains de luxe ?

Marie se sent mal à l'aise, trop d'énergies, trop de bonnes humeurs pour elle, elle décide, de discrètement sortir. Et de courir à sa voiture.

Elle se sent honteuse d'avoir fait cela, mais franchement le Carnaval de Rio non merci.

Elle se dit qu'elle mettra le costume basique qu'elle a dans son armoire.

Elle décide d'appeler sa mère pour voir son état, car elle a oublié de la rappeler la veille au soir.

— Maman ? Comment vas-tu ?

— Marie comme je suis soulagée de t'entendre.

— J'arrive.

Elle raccroche, elle se rend compte qu'il est essentiel d'être entourée de sa famille et de leur apporter à son tour toute l'attention dont ils ont besoin individuellement, car elle sait qu'elle n'est pas la seule à vivre ces pertes.

Vivre des pertes que ce soit professionnel, amical, amour, santé. Ce sont des étapes foudroyantes dans la vie. Ayant vécu la nuit noire de l'âme, je sais de quoi je parle.

Voir sa réalité basculer et ne rien pouvoir y faire et comme regarder une montagne s'écrouler en face de nous et se prendre les gravas en pleine tête sans pouvoir bouger. Les traumas pour certains mettent des années à guérir si on à la force de vouloir vivre, certains restent incrustés dans l'âme, le corps, l'esprit et plus rien n'est plus jamais pareil. Chaque être vit des épreuves pour grandir à travers les tempêtes. Se rendre compte d'être terrassé par la douleur et pourtant être toujours en vie.

Là est la leçon, la douleur aussi violente et intense soit elle ne t'empêche pas d'être en vie.

La vie est précieuse et sacrée.

Chapitre 6
Les pansements

Devant la porte de chez mes parents, je me sens comme une enfant qui a fait une bêtise, je suis partie comme une voleuse de ce magasin « Votre Avenir » là où régnait la bienveillance, la…

— Mariiiie, merci Seigneur, tu es là. J'ai eu si peur pour toi, tu aurais pu faire une bêtise, je ne sais pas.

— La seule bêtise que j'ai faite c'est partir comme une enfoirée d'un magasin dans lequel j'ai été reçu comme une Reine.

— Ah bon ? Mais pourquoi ?

— Justement trop de bonne humeur, trop de lumière, et moi je ne peux pas le supporter en ce moment c'est trop violent pour moi. Je manque d'énergie j'aimerais juste dormir, dormir, dormir. Je voulais être dans le noir dans le silence pour que mon corps se repose.

— Ma puce, je compatis.

222

Écoute, entre, je vais m'occuper de toi, papa est parti, tu le connais, il ne tient pas en place. Cet événement a chamboulé tout le monde.

Tu connais son rapport avec la mort en plus… La fuite est sa meilleure amie.

Bon, veux-tu que je te fasse couler un bain ?

— Mamannnn, je suis juste passée pour faire ça.

Elle la prend dans ses bras. Silence.

L'amour d'une mère est ce qu'il y a de plus guérissant,
Gaia Hinaya.

— Je sens ton corps fragilisé ma puce oh lala comment vas-tu surmonter tout ce qui se passe, demain l'enterrement et où est donc passé Lenny ?

— En taule !

Anne (sa mère) se mit à rire.

— Même en plein rite de passage tu as le mot pour rire.

— Je ne plaisante pas, ce débilos est bien en prison.

— Mais qu'elle est la raison de ce nouveau pétrin ?

— Aucune foutue idée.

— Ton langage ma chérie.

— Je suis tellement déçue Maman. Je crois que j'ai le cœur brisé.

— Tiens.

Elle lui tend une couverture et un chocolat chaud.

Je pense que le mieux à faire serait que tu manges ici à midi et je te mets à la sieste.

Tu me laisses gérer le reste, on est une équipe, nom de Dieu.

Personne va faire chier ma fille !

Les deux femmes se regardent avec amour.

La mère propose à sa fille un calmant, car elle voit clairement qu'elle a vécu un choc traumatique, une crise d'angoisse terrible avec des traumas dont elle n'avait pas encore conscience, car elle a fait au mieux jusqu'à présent pour tenir sa famille en place.

Marie accepte, elle boit son chocolat chaud, prends le cachet et demande à sa mère de veiller sur ses enfants.

Anne choisit de mettre sa fille au lit, appelle son mari Gérard pour l'informer des nouvelles.

Celui-ci prend l'initiative de s'occuper de Lenny pour lui remettre les pendules à l'heure et Anne se dirige à l'hôpital au chevet de Benoit.

Une famille soudée est un cadeau précieux de la vie.

Anne a demandé à son amie Mireille de venir veiller sur sa fille en son absence.

Tous se mobilisent pour la soutenir, elle n'est pas seule et personne ne l'est vraiment.

Seul celui qui s'enferme dans son ego peut penser cela.

Je m'allonge dans la chambre de bureau de mon père, il y a un canapé. L'atmosphère me fait du bien, c'est sécurisant.

J'arrive à m'endormir facilement, certainement le médoc qui fait son effet.

Pourtant l'image de mon mari et mes enfants ne me lâche pas.

Mon corps empli de stress à l'extrême se laisse porter par le sommeil.

De l'autre côté de la ville, mon père si charmant soit il est d'une humeur à tout péter.

De savoir que Lenny a déconné avec la Police, wouuuh il n'est pas prêt !

Comme on dit, « IL VA RECEVOIIIR ».

Le grand-père se présente à l'accueil du commissariat ;

Demande à la femme devant lui où se trouve son petit-fils.

— Monsieur, bonjour, oui j'ai bien entendu, je ne suis pas sourde.

Comment s'appelle votre petit fils ?

— Il s'appelle Lenny Marciel, il a 16 ans.

— Veuillez patienter dans la salle d'attente je viendrai vous informer.

— Merci. Dites-lui bien que je l'attends au tournant !

La policière s'oriente dans le milieu du bureau de son collègue Martin inquiète de la future réaction du papi.

Martin lui assure que le jeune homme est déjà sorti.

Elle redemande confirmation, il lui imprime un papier qui est le constat de rentrée et sortie du mineur dans les locaux de Police.

La femme se concentre à lire le résumé pour le retranscrire de façon habile au Monsieur qui va s'en doute être insatisfait pensant récupérer lui-même son jeune garnement.

— Hum hum, pardon, j'ai la gorge qui me gratte. Oui Monsieur Koutin, votre petit-fils Lenny Marciel et sorti il y a 1 h 00 assisté de votre fils Richard Koutin.

— Pardon ?

— Nous avons informé votre fille de la mesure à l'encontre de son fils. Son fils ayant le droit à un appel téléphonique, il a choisi d'appeler son oncle. Que voulez-vous que je vous dise ?

— Et Richard a eu le droit de le ramener comme ça ?

— Étant un membre de la famille et vu les circonstances atténuantes de l'accusé, nous avons pris la décision de clôturer l'affaire avec l'accord de l'accusateur à des travaux d'intérêts généraux.

Sonné, Gérard demande ce que son petit-fils a fait, car il ignore les faits.

— Qu'a-t-il fait, ce bougre d'imbécile ?

— Inutile de revenir sur le sujet vous vous entretiendrez avec le jeune homme.

Je vous salue, Monsieur.

Gérard prend son téléphone pour appeler son fils Richard.

— Richard, dis-moi que Lenny est avec toi ?

— Bonjour Papa ! Comment vas-tu ? Bien, moi je vais bien, merci de me demander…

— BON !

— Oui calme toi, vas pas me péter une durite. Tranquiiille, il boit une bière dans le jardin.

— Il boit une bière dans le jardin, mais je vais venir lui botter le cul ouiii !

— Ça VAAAA ! Comme si toi tu n'as jamais fait de connerie à son âge ? ET SON PÈRE EST MORT MERDE ; OUI TRANQUILLE !

Gérard se calme et entend le message sous-entendu dans sa réponse. Derrière sa nonchalance se dévoile un amour inconditionnel.

Certes, Lenny à agit par colère, il n'aurait pas dû atteindre aux biens communs d'un individu, mais pour sa défense aujourd'hui il a perdu un pilier paternel, Gérard se dit que ce n'est pas le moment de se le mettre à dos.

Chaque être agit avec amour selon son époque.

777

Gérard répond à Richard ;

— Bon… Garde un œil sur lui. Je vais venir boire une bière avec vous.

— Aaah, bonne idée Papa Merci c'est très gentil. Richard fait un clin d'œil et lève son pouce en l'air à Lenny de loin.

On t'attend CHER PADRE !

Gérard raccroche. Malgré son inquiétude, il a confiance en son fils Richard.

Il a une vie marginale à ses yeux, mais il est protecteur avec sa sœur depuis sa naissance, alors, il en est de même pour ses neveux.

Gérard appelle Anne sa femme.

Anne de son côté est aux petits soins de Benoit pendant que Marie dort, elle a eu confirmation par son amie Mireille.

L'esprit en paix, elle couvre son petit-fils d'amour et de bisous. De le voir dans cet état lui a dans un premier temps soulevé le cœur, mais l'amour absolu dépasse tout.

Le handicap, les blessures visibles ne sont qu'apparences. L'enfant en dessous a besoin de compassion et d'amour infini.

Anne sent son téléphone vibrer dans sa poche.

Elle fait signe à l'infirmière de l'autre côté du couloir de prendre sa place.

Elle embrasse le front du petit et lui dit qu'elle revient vite, lui montre le téléphone, en disant :

— C'est papi mon chéri je vais lui répondre, je sors bout de chou, je suis juste à côté.

— WIP MAMIP.

Ils se frottent le nez l'un l'autre.

Elle sort, réponds.

— Gérard, dis-moi que tout va bien.

— Oui, tu vas être surprise…

— Agréablement, j'espère.

— Oui, j'arrive devant chez devine QUI ?

— Crois-tu que ce soit le moment de me faire une devinette ?

— Richard est passé récupérer Lenny et là je suis devant chez Richard je vais boire une bière avec les deux.

— Boire une bière alors qu'il était en taule, mais qu'est ce qui t'arrive ? Il mérite une bonne correction.

— Je pense que demain c'est l'enterrement de son père, je vais te surprendre, mais c'est mieux de passer un moment paisible avec les deux, il a besoin de ressentir que des hommes solides qui l'entourent, l'aime.

— Wahouuu bah dis donc après 40 ans de mariage tu me surprends toujours.

— J'espère qu'il a pris une douche par contre et que sa tenue est correcte un minimum, nous ne sommes pas une famille de Zoulous. Merci mon roudoudou.

— Comment va Benoit ?

— Je n'ai pas vraiment les mots pour l'instant. Nous réfléchissons en interne sur la décision à prendre pour demain s'il doit être présent ou pas.

— Ma réponse personnelle est oui. S'il n'est pas là, ça va détruire sa vie.

— Merci je t'écoute. J'y retourne et amuse-toi bien avec tes descendants…

— Je t'embrasse. À ce soir.

Chapitre 7
Ce n'est qu'un au revoir

Marie se réveille, il est 18 h. Elle a dormi comme un coma nécessaire pour se régénérer.

Elle ne sait rien de ce qui se passe. Mireille entend des grincements donc se manifeste rapidement pour être rassurante immédiatement.

— Marie, tu as bonne mine, se réjouit-elle.

— Si tu le dis…

Maman n'est pas rentrée ? Où est Erwan ?

— Erwan ?

— Oui Erwan, il ne m'a pas appelé depuis son départ pour emmener Benoit à l'école.

Mireille se retrouve déstabilisée, mais ne montre rien.

Elle pense que les premiers jours elle était dans la résistance et que là elle est en choc post-traumatique.

Mireille montre son collier à Marie, histoire de la distraire… Et envoie un message discrètement à Anne.

Message : SOS RENTRE ILLICO TA FILLE EST DÉCONNECTÉE DE LA RÉALITÉ. BESOIN DE TOI TOUT DE SUITE.

Anne est en train de dire au revoir à son petit-fils quand elle reçoit le message de Mireille.

Tout tombe à pic !

Anne court à sa voiture prise de panique…

Elle pousse sans le vouloir les passants qui lui barrent la route.

Elle sautille sur elle-même en disant pardon, pardon, pardon.

Arrivée à sa voiture, elle se rend compte qu'elle ne démarre pas.

— C'est pas vrai !

S'il vous plaît les anges, j'ai besoin de retrouver ma fille !

La voiture démarre.

Anne, ébahie, avance soulagée.

Elle prend le temps de redescendre au niveau émotionnel pour accompagner au mieux sa fille.

Elle a peur pour elle.

Et si elle perd l'esprit ? Oh mon Dieu… Elle se mord la bouche avec ses dents.

Inquiète, mais en force pour maintenir l'équilibre de sa fille. Elle arrive calmement pour garder un espace serein pour Marie.

— Ma chérie ! Bien reposée ?

Mireille a réussi à tourner l'attention de Marie sur tout ce qui lui passait sous la main en plus de ses histoires personnelles aussi farfelues les unes que les autres.

« Détournage de conversationage », bonjour.

— MAMAN qu'est-ce que je fais là ? Tu es prête pour la tombola ?

Anne la regarde apaisée alors qu'à l'intérieur d'elle c'est la panique totale n'ayant pas vécu cela auparavant. L'adaptation est de mise.

— La tombola, nous l'avons annulée. Assieds-toi, on va faire un bilan des derniers événements gentiment.

— Les derniers événements ? Et là, dans la tête de Marie, apparaissent des flashs très rapides.

Elle se revoit par terre dans sa cuisine anéantie.

Ensuite, elle se prend la tête dans les mains.

Un autre flash, Benoit dans son lit d'hôpital.

Elle crie :

— NAAAAANNN !

Elle se lève, s'agite.

Son corps se tétanise et une crise d'angoisse se présente à elle sans plus attendre.

Sa mère la prend dans ses bras en essayant de la ramener à elle sans résultat.

— Mireiiiillle appelle les pompiers, viiiite !

Mireille trébuche de maladresse sur le jouet de Benoit resté dans le salon de chez ses grands-parents. Prends le fixe de Anne et Gérard et tape le 18.

Marie est en crise et n'arrive pas à se calmer, tous les nerfs de son corps, de son esprit et de son âme sont en train de lâcher complètement.

Elle refuse de croire à la réalité. Son cerveau efface des informations par survie, mais son esprit les lui rappelle pour être en adéquation avec le moment présent.

Il y a une énorme dualité en elle.

4

Étant occupée, elle n'a pas fait face réellement à son propre bouleversement intérieur et extérieur.

Là, la cocotte a explosé.

Gérard est sur le point d'arriver avec Lenny quand ils voient le camion de pompiers devant la maison de famille.

Les voisins se mettent à regarder en direction du domicile, ce fut une surprise générale.

Gérard et Lenny sortent en vitesse de la voiture pour essayer de comprendre ce qui arrive.

Les pompiers leur demandent de s'éloigner pour faire place aux guérisseurs.

Ils sortent une bouteille d'oxygène.

Gérard aperçoit Anne qui pleure et sa fille par terre en train de se débattre contre elle-même.

Il est pris d'effroi.

Son instinct paternel prend le dessus et protège Lenny de cette vision, il le prend dans ses bras pour qu'il ne voit pas la scène.

12 h 12.

— Messieurs, dames, faites de la place s'il vous plaît que le brancard puisse circuler.

Marie est allongée, recouverte d'une couverture thermale. Son visage est plein de sueur, blanc avec un masque d'oxygène. Elle voit son fils et ne peut s'empêcher de lui tendre la main.

Lenny prend sa main et l'embrasse tendrement au passage.

Le brancard et mis en place dans le camion. Les sirènes retentissent et ils partent en urgence.

Elle laisse derrière elle ses parents, l'amie Mireille et son fils Lenny.

Ils regardent tous le camion s'éloigner, et se rapprochent les uns des autres.

Chacun réagit au mieux qu'il peut face à l'adversité.

Dans un sens, la famille fut étonnement rassurée que Marie soit prise en charge.

Tout ce qui lui est tombé dessus en si peu de temps est humainement impossible à laisser passer sans être profondément atteint.

Un impact dans une vie est une chose, les conséquences en sont une autre.

J'ai passé 4 ans de ma vie à me débattre contre les troubles psychologiques dans mon cerveau, l'angoisse, le mal être à ne plus me sentir en sécurité nulle part.

La dépression a montré le bout de son nez, l'isolement, l'enfermement.

Mon corps fut traumatisé ce jour-là en plus de tout ce que j'avais vécu jusqu'à ce jour.

Je pense après tout ce temps que j'ai vécu un burn-out. Le terme si négligé de nos jours comme une simple crise de nerfs.

J'ai vécu l'enfer, la mort.

La séparation de l'être aimé, j'ai perdu mon travail par la suite, car j'étais en incapacité de reprendre des horaires ordinaires.

MON CERVEAU NE RÉPONDAIT PLUS.

MON CORPS NON PLUS.

JE NE POUVAIS PLUS RIEN FAIRE. ET ENCORE AUJOURD'HUI.

5 ANS PLUS TARD,

JE NE SUIS PLUS LA MÊME

MA SANTÉ EST TOUJOURS IMPACTEE ET JE NE SUIS PAS SÛRE D'ÊTRE UN JOUR TOTALEMENT GUÉRIE.

J'AI ENCORE DE VIOLENTES DOULEURS EN MOI ON DIRAIT QUE MON CORPS PLEURE ENCORE.

Chapitre 8
Guérison

Benoit a été placé en centre de rééducation pas très loin de sa famille, tout le monde peut lui rendre visite à sa guise.

Il est entouré de pleins d'enfants de son âge, ça le rassure, il n'est pas tout seul.

Il est accompagné d'une équipe pluriprofessionnelle pour la prise en charge globale de son projet individualisé.

Il est suivi par un Moniteur éducateur.

Olivier !

Il l'appelle OLIVER.

Lenny lui enchaîne les expériences difficiles, il n'arrive pas à faire le deuil de son père et de voir son frère handicapé retiré du foyer, sa mère malade, comment ne pas basculer dans l'autodestruction ?

La communication, les liens n'étaient plus les mêmes. Au fil des mois chacun faisait au mieux avec ses ressentis à chaque moment.

L'enterrement fût bref et Marie et ses enfants n'ont pu être présent du à leur état de santé fragile.

Tout était réuni par convention pour un au revoir digne de ce nom à ce cher Erwan Marciel, âgé de 52 ans, une mort accidentelle comme il en arrive fréquemment chaque jour.

La Famille de Mon Cher et tendre est restée à distance de nous depuis ce drame.

J'ai envie de dire tant mieux, ne le prenez pas mal Eric et Denise si vous lisez mon livre, mais vu mon état personnel, je n'étais même plus capable de prendre ma douche toute seule tellement je ne tenais pas debout alors… Il valait mieux que chacun s'occupe de soi.

Le fait que mon fils Benoit a été interné dans un établissement spécialisé m'a dans un premier temps arraché le cœur. Je me sentais l'abandonner comme une lâche.

Il avait perdu son père, sa santé et voilà qu'on le déraciné de son foyer, de sa famille, le lien fraternel, maternel ne l'accompagnerais plus chaque jour. Il serait entouré d'inconnus à 10 ans, mais quelle torpeur ! J'ai eu un sentiment de trahison aussi envers lui, envers moi, envers tous les membres de la famille. Je me disais que si mon mari voyait cela il me quitterait sur le champ.

On ne laisse pas son enfant dans un centre, je l'entends me dire cela depuis le jour où j'ai signé le contrat d'admission.

Les émotions sont au départ nos ennemies, puis, avec le temps, elles deviennent nos amies les plus sincères.

Je suis désormais à Paris devant la Cathédrale Notre-Dame.
2024
02 janvier 11 h 34

Hier, nous avons fait la fête pour le Nouvel An.

J'ai vu les feux d'artifice dans les yeux de Benoit et de Lenny ; mais pas que...

6 ans de dure guérison pour nous tous et nous sommes toujours réunis en ce jour.

Il n'y a pas eu que de mauvais moments à passer, je vous rassure.

Reprenons le fil de l'histoire.

Retour en Arrière :

2020, Marie se réveille.

Cela aurait pu être un titre de chapitre, mais non, c'est une suite, quelle suite mémorable…

Après avoir passé 8 mois en dépression, elle décide de sortir de chez elle.

Et là, devinez quoi !?

LA MEILLEURE BLAGUE DE L'ANNÉE !

TATATA : LE COVID !

Tout le monde dit LA covid il me semble, mais moi je fais ce que je veux.

Enfermement général alors qu'elle venait de décider de sortir de chez elle, quelle ironie n'est-ce pas ?

Entant qu'auteur de Lumière, je ne parlerai pas de ce thème, soyez en rassuré même s'il y a de quoi en dire…

Je reste focus sur ce qui est réel.

Marie se dépêche d'appeler une amie pour essayer de comprendre ce qui se passe.

444

— Myriam ?

— Oui, Marie ! tu as vu ce que je crois que tu as vu ?

— Mais nonnnnnn. Quelle histoire !

— Ce n'est plus une histoire là, mais une Tragédie. Moi, être enfermée, JAMAIS ! Je suis libre et personne ne m'enlèvera cela !

— Je vais te laisser, j'ai mal à la tête ma chérie.

— OK, n'hésite pas à m'appeler vu ce qui se passe…

— Merci, courage.

Marie raccroche et s'assoit sur son canapé. Toujours à Nîmes à ce moment-là.

Dans sa tête, tout se casse la gueule.

Elle n'a plus rien, se dit-elle, même plus le droit de sortir.

Son fils Lenny est parti de la maison étant majeur et visiblement pressé de se barrer de la baraque maudite comme il se faisait plaisir à l'appeler sur la fin de son séjour ici.

Après mon mari, Benoit dans le centre et quelque temps plus tard, Lenny a déserté le nid.

Je me suis retrouvée complètement seule face à moi-même.

Dans cette maison qui…

Ce jour-là, elle décida sur un élan de tornade de changer complètement la décoration de sa maison.

Rien n'avait bougé depuis l'accident. Impossible pour elle de retirer les affaires de sa famille, elle voulait tout conserver, de peur qu'ils disparaissent définitivement de sa vie. Tous ces objets la remplissaient d'une certaine manière.

Mais être remplit du passé morbide, à quoi bon ?

Enfermement ou pas, elle ne pouvait plus vivre dans l'ombre de ceux qui n'étaient plus là. Se raccrocher aux événements passés en boucle, son cerveau n'y tenait plus.

Voilà, c'est son corps qui prit les choses en main.

Comme un symbole de résurrection.

Un sac poubelle et tout à la benne.

Souvenirs sentimentaux ou pas… Elle se rappelait avoir lu un livre sur le rangement qui spécifiait, de regarder l'objet et de voir si on ressentait de la joie en le regardant…

Elle se dit que sa maison finirait vide… en se moquant d'elle-même. 7

Ce fut pratiquement le cas, elle vécut cela d'une manière très difficile au début, et au final cela était devenu une habitude pour mieux respirer.

Ce livre est synonyme d'espoir pour ceux et celles qui voient leur vie s'effondrer. Je suis passée par là. Je peux vous dire que la souffrance traversée est très dure, très très dure, j'ai encore des douleurs en moi aujourd'hui malgré que vous voyiez de moi que mon bonheur la plupart du temps.

Je suis avec toi en ce moment, peu importe ce que tu traverses.

J'ai vécu la séparation, la perte de mes capacités, la souffrance intérieure, la mort en face.

Aujourd'hui, je suis aux Bahamas avec mon mari et c'est fabuleux.

Je déconne, je suis chez mes parents pour faire la nounou de notre chatte et je vous écris ce roman avec tout l'amour que j'ai en moi.

Marie est une sœur, elle vit ce que toi tu vis ou ta propre sœur ou ton ami ou ta voisine. **Soyons solidaires.**

Il n'y a pas que dans Desperate Houswives que les amies se soutiennent.

L'amitié est importante.

Mais avant de penser à l'amitié, se retrouver soi-même est primordial.

Marie se retrouve seule dans son monde, seule sur sa route, anxieuse.

Elle ne sait pas que les anges et les planètes l'accompagnent à chaque pas.

Impossible pour elle de voir la suite, ne serait pas un cadeau au final ?

Quand nous sommes enfants, nous nous laissions porter par la vie, nous savions que notre père et notre mère nous protégeaient.

Alors en tant qu'adultes, pensons que notre mère est La Terre et notre Père Dieu.

Voilà, tout est en ordre.

Il fallut des années à Marie pour assimiler cela.

C'est ceci, vivre son éveil, les amis.

Savoir que nous sommes éternels à travers les cycles de la vie. Des humains vulnérables au temps qui passe en étant divinement illimité.

Marie se retrouve devant le miroir.

Elle n'a pratiquement plus de cheveux sur la tête. Elle est si fatiguée, elle se prend dans les bras et tombe par terre.

Le désespoir s'empare d'elle.

Les réveils en pleine nuit, prise de douleurs profondes, de pleurs soudains, de maladies. Son corps lui rappelle tout ce qu'elle a emmagasiné toutes ses vies.

— J'ai besoin de me reconstruire, se dit-elle en se regardant à moitié.

Comment on fait ?

Elle appelle Anne sa mère à la rescousse.

— Maman, je suis éreintée si tu savais.

— Veux-tu que je vienne ? Au moins pour t'aider pour ta lessive, as-tu à manger ?

Les parents de Marie se ronger d'inquiétudes pour elle. Vous n'imaginez pas ce que les parents ressentent de voir leur enfant, adulte, au plus bas. Je crois que leur être tout entier hurle de tristesse, mais ils se contentent de prier et de pleurer en cachette.

— Non, je dois me prendre en main toute seule maman j'ai 42 ans. Je suis une femme responsable.

— Ma Chérie, tu es restée un an sans pouvoir marcher, arrêtes un peu. Tu as le droit de demander de l'aide.

— Ce qui me fait mal c'est que les gens ne comprennent pas ce que je suis devenue maman.

J'étais si forte, si vivante, en mouvement en permanence et le jour où Erwan est mort, j'ai vécu ce choc dans ma tête, et mon corps n'a plus de rythme. Tout me demande tellement d'énergies que je n'ai plus.

— Je sais mon cœur, au début tu tenais éveillée 1 h 00 par jour, tu passais ton temps à dormir.

J'ai eu si peur pour toi, la mère pleure de l'autre côté de l'appareil, mais ne le montre pas, car sa mère est un Roc. Mais cette femme aurait donné sa vie pour sa fille. Elle ne comprenait toujours pas comment elle a pu en arriver là. Certainement en s'oubliant en se donnant corps et âme aux autres. Et surtout à ceux qui abusaient ouvertement de sa bonté.

— Bref je crois justement que je vais aller m'allonger, j'ai mal au dos.

Cette frustration d'être touchée au niveau de la santé, la peur s'empare de tout notre être. Le pire c'est l'angoisse et les pensées limitantes.

Une femme sans peur, sans limites qui se retrouve brisée, incapable de sortir en bas de chez elle. Incapable d'aller quelque part sans avoir peur de ne pas réussir à revenir ou rester figée comme ça lui est déjà arrivée et ne plus savoir quoi faire.

Comme être au volant, se retrouver dans un bouchon sur l'autoroute et perdre ses moyens. Ce sentiment de fondre à soi-même, ne plus être réellement dans l'espace qui nous entoure. Ne plus être dans son corps, plus d'ancrage, plus rien.

L'attention altérée, la concentration, tout est parti en fumée comme l'amour de ma vie.

Je vivais une dépendance affective et j'étais excessive dans mon travail, dans tout et tout m'a pété à la tronche.

Des années de solitude, surtout d'isolement, une sensation d'être privée de tout, fini la vie sociale, la vie professionnelle et la vie affective.

J'étais dans le noir et toutes mes blessures intérieures sont remontées comme un volcan qui explose.

Blessure d'enfant, de famille, d'amis, de vie.

Faire face à soi à sa vérité sans plus rien autour.

Chapitre 9
Révélations

Marie a pris la décision de demander de l'aide est de rester authentique face à ce qu'elle vivait. Elle n'avait plus de choix que de faire péter son ego, son orgueil et surtout sa pensée de croire qu'elle devait tout faire seule.

Elle a découvert à travers différents outils de l'aide pour se reconstruire.

La lecture a été pour elle un cheminement d'apprentissage. Toujours des synchronicités parfaites.

Se révéler à soi, c'est accepter de sortir des illusions.

OUI, oui des illusions. Des partenaires que l'on a idéalisés, des boulots qui nous donnaient une image de réussites, ou de corps que nous n'aimions pas.

Marie a fait face à tous ses fardeaux de sa vie passée, présente et future.

Les projections irréelles remplies de drames en permanence.

La Révélation est que l'univers est en marche constante de l'évolution. Et Marie a choisi un jour de suivre cette marche magique et si naturelle.

Le MONDE EST DOMINE PAR LA PEUR alors que la VIE EST AMOUR PUR.

Voir son monde intérieur, extérieur partir en vrille est un choc incommensurable.

Elle a vécu ses épreuves pour s'éveiller au monde véritable.

Chaque individu éveillé n'est plus prit par le mal être en voyant tous les masques tombés bien au contraire c'est le bonheur.

Fini les voiles du mensonge, de la manipulation. La beauté de la vie reprend les reines.

Le message principal de ce livre est que :

Oui l'éveil fait mal,
Du moins pour ceux qui résistent,
Kaïta Nafaho.

Jeudi 15 juillet 2021

Marie est appelée à reprendre un emploi.

Dure réalité.

Toujours travailleuse dans l'âme, mais son état mental et physique n'étant plus le même, elle se sentait comme une guerrière qui s'était pris 3 camions.

Que va-t-elle faire, sachant que son rythme n'est plus du tout adapté aux attentes sociétales ?

Elle a fait 15 plans depuis sa démission forcée de son entreprise automobile.

Ghislaine l'avait beaucoup aidé, mais Pierre lui n'avait pas de temps à perdre avec des incapables, disait-il.

Un bel enfoiré !

Étant une grande sentimentale, Marie à mit du temps à lâcher prise sur le fait que tout le monde n'est pas comme elle à être empathique surtout dans le monde professionnel. Tu fais ce que l'on te dit et tes sentiments tu te les gardes bien profond où je pense.

Mais vivre dans la précarité était très fatigant pour elle.

Son inquiétude constante pour Benoit qui vivait des vagues très fortes lui aussi de va-et-vient entre « échec » et « réussites ».

Un gros travail psychologique était mis en place.

777

Le téléphone sonne : mon rendez-vous téléphonique avec Handicap-Emploi.

Marie étant une femme dite ordinaire avant cet accident de vie eut la force d'assumer ouvertement sa chute.

Combien vivent des difficultés et garde la face en public, je leur tire mon chapeau.

Mais on en voit le résultat des années plus tard quand le corps n'en peut plus.

Après il y a ceux qui s'accommodent très bien de leur déni personnel.

Ceci est une autre histoire…

Elle essaya donc par bonne volonté le retour à l'emploi.

Une épicerie eut limite pitié d'elle quand elle est arrivée avec un CV vintage.

La lettre de motivation écrite à la main.

Tremblante l'écriture, mais plutôt passable.

Sa correspondante de Handicap-Emploi l'appelle pour lui annoncer la nouvelle de l'embauche.

Première réaction de Marie, le mal être. La peur d'être enfermé dans un métier qui lui fasse mal encore…

Mais bon la réalité terrestre… il faut bien manger… n'est-ce pas ?

Sauf que contre toute attente, Marie avait retrouvé le goût pour l'art et le jardinage.

Elle aimait chanter. Et ses voisins lui avaient déjà fait la remarque sur sa voix majestueuse.

Elle se permit d'évoquer le sujet timidement.

— Comment ça vous chanter ?

Nous parlons ensemble d'éléments factuels, Madame Marciel, non de fantaisies.

Le ton glacial de l'interlocutrice glaça le sang de Marie.

— Oui, quand dois-je me présenter ?

— Demain matin 7 h, je vous envoie les coordonnées par mail.

Tout est OK pour vous ?

— Oui répondit Marie, dépitée.

Elle se retrouva devant le bip du téléphone.

Fin de la conversation.

Elle reçut 5 minutes plus tard toutes les informations à respecter pour le lendemain matin.

Elle s'aperçut que l'épicerie se trouvait à 30 minutes de chez elle.

— Super ! dit-elle d'un ton ironique.

Elle appelle sa mère pour lui faire part de la nouvelle.

— Maman c'est moi Marie, tu vas être ravie, demain je crois que je commence mon premier jour de travail dans une épicerie, ah attends je regarde le mail en même temps…

Épicerie « La Rencontre » OKKK.

— Oulah une épicerie, le rythme est rapide, tu crois que tu vas réussir à suivre ?

— Aucune idée. Déjà, je vais voir si j'arrive à y aller.

— Ne te mets pas en difficulté d'accord.

— Oui maman. Je te tiens au courant. Je te fais des bisous.

— Bisous ma chérie.

Marie se dirige vers sa cuisine, se fait chauffer de l'eau pour boire un thé.

Il est 10 h. Elle se dit qu'elle va faire le ménage et allait faire une marche pour prendre l'air.

Durant sa marche, elle prend conscience de la chance qu'elle a d'être en vie avec tout ce qu'il se passe autour d'elle. Elle a décidé de couper les informations au grand désespoir de son entourage qui a pensé qu'elle fuyait la réalité.

Elle se rappelle la réaction de son meilleur ami quand elle a pris la décision de supprimer ses réseaux sociaux.

— Mais ma pauvre tu te coupes du monde !

C'est là qu'elle a compris que c'est le monde qui avait besoin d'aide.

Une vie virtuelle, elle ne savait pas faire.

Elle aimait sentir les sensations du partage avec les gens, la nature, les événements.

Mais étant dans le fond du trou, l'image est bien illustrative de sa situation passée. Elle était tombée dans un trou bien profond avec impossibilité d'en sortir tant que la guérison et la métamorphose soient atteintes.

Elle avait choisi de couper la télé et internet durant 8 mois.

Une grande détox nécessaire à sa survie.

Toutes ces images traversées son esprit pendant cette balade.

Elle avait envie de retourner travailler, mais elle sentait au fond d'elle qu'elle serait en difficulté.

Elle se mit à chanter simplement.

Sa voix était un cristal échaudé par la vie.

Elle regardait autour d'elle, personne. Elle avait emprunté un chemin de terre. Elle enleva ses chaussures pour faire circuler l'électricité de son corps. Combien de fois s'était-elle retrouvée abattue seule dans la nature sans que personne le sache ?

Son chemin lui avait permis de découvrir que l'univers est si vaste, son âme était nourrie de l'univers, mais parfois sa nature humaine souffrait énormément d'être seule incomprise.

Plus le manque se faisait ressentir plus l'énergie christique prenait de la place dans son cœur.

Car L'amour ne connaît pas le manque.

Elle chantait avec son langage Céleste qu'elle aime tant.

Que personne ne souhaite entendre. Dommage…

Elle se résignait à se dire qu'elle serait encore esclave d'une société pour vivre.

Mais le destin lui réserverait bien des surprises.

Chapitre 10
Merci la destinée

Le lendemain matin, elle se leva très tôt. Ce fut très compliqué pour elle.

Non seulement son café était épouvantable à boire, mais en plus son grille-pain venait de lui griller en pleine face.

999

— La journée commence bien, youpiiii.

— Mamaaaaaaan !

Entendit-elle par la fenêtre.

Elle regarde son horloge : 5 h 55.

— Attends, je délire ou quoi… ?

Elle regarde par la fenêtre, Lenny complètement saoul qui gigotait dans tous les sens.

Qu'est-ce que tu fous là ?

Lenny regarde sa copine du moment et dit :

— Tu vois comme elle me kiffe ? Ma daronne d'un air supérieur.

— Tu as vu l'heure !? Bon, monte.

Marie se sent désemparée et se dit que franchement la vie s'amuse bien avec elle sans déconner.

— La plus belle ! s'extasia Lenny en voyant sa mère.

— Pfiou, tu sens tellement, beurrk, tu pues, c'est affreux.

— Bonsoir madame, dit gênée, Agnès la jeune femme.

— Bonjour à cette heure-ci !

Pfff je dois me préparer pour aller travailler pour mon premier jour.

Ohlala. Pourquoi êtes-vous là ?

— Bah tu me manques, ça fait genre 5 mois que je t'ai pas vu, agréable l'accueil…

Il regarde dans le frigo sans gènes…

Où sont les bières ?

— Y'en a pas !

— Puis-je aller aux toilettes, madame, s'il vous plaît ? demande la jeune femme en se tortillant.

Marie souffle désespérée.

— Oui la 2e porte à droite.

Elle n'est pas aimable du tout.

Elle pensait faire sa petite méditation avec son encens, un bon petit-déj et au final…

— On sort de la boîte tekno Loupsi King, c'est terriiible !

— Oui le nom aussi…

— QUOI ?

— Rien, oui et ? Tu t'es dit que c'était une idée royale de venir à cette heure-ci chez moi dans cet état ?

— Chez toi ? Oh JE VOIS, ce n'est plus ma maison à ce que je vois.

— Bah tu vis ailleurs à ce que je sache…

— Oui, mais ça reste ma maison quand même.

— D'ailleurs ça tombe bien que tu en parles, car je pense déménager…

— What ?

Bon Agnès ma prunelle tu es tombée dans le trou ou quoi ?

On va se barrer de là…

Je ne suis pas le bienvenu ici.

— Mais je n'ai jamais dit ça. C'est juste que tu arrives quand je dois me préparer pour mon nouvel emploi et…

— Oui ton nouvel emploi, ton nouvel habitat, t'as pas un nouveau fils aussi ?

— Ne sois pas méchant avec moi s'il te plaît.

— Tu ne respectes plus notre famille, tu en as rien à foutre.

Benoit me l'a dit que tu ne vas jamais le voir. Dis-le si on est en trop dans ta vie.

Le RESET que tu veux concerne tous tes amis et ta propre famille c'est ça ?

Tu ne vois plus personne, tu es enfermée dans ton monde ya que toi qui ne capte rien.

Marie est séchée sur place. En essayant de se sauver elle-même, elle n'a pas vu qu'elle avait laissé sur le côté ceux qui comptaient sur elle.

— J'ai fait comme j'ai pu pour m'en sortir mon cœur, je suis toujours là pour toi et Benoit vous êtes mes bébés et ça ne changera jamais.

— Bon je m'en fous de tes blablas de vieilles femmes perdues moi je vis ma vie maintenant j'ai besoin de personne.

Et ça fait bien longtemps que c'est le cas.

Il prend sa copine par la taille et claque la porte.

Dure matinée :

6 h 30.

Elle n'est pas prête et il y a 30 minutes de route, constat son premier jour est foutu.

Elle réagit de façon lucide, elle appelle l'épicerie et essaie de faire comprendre ce qui lui arrive comme elle peut sans faire sa misérable non plus.

Imprévu familial ? En même temps, c'est ce qui m'est arrivé.

Le patron bien gentil lui explique qu'il a besoin de personne disponible.

Il sent que ce n'est pas son cas et préfère écourter l'expérience pour son bien.

Marie se sent à la fois privée d'une nouvelle opportunité professionnelle, mais en même temps remercie le patron, car il est clairvoyant.

Elle raccroche apaisée.

À croire que la vie m'envoie des messages, mon grille-pain qui explose, mon fils qui déboule en crise… qui fait que cet emploi tombe à l'eau sachant qu'hier je savais que je n'avais pas envie d'y aller. Je me serai forcée encore et ça aurait été un désastre.

Quelle chance de tomber sur une personne si compréhensive !

Elle s'assoit, respire, pense au regard de son fils bourré.

Il ne va pas bien c'est sûr. Elle a vécu une séparation forcée avec ses fils il y a quelques années ce qui était vital pour le bien de tous, mais elle senti au fond d'elle que désormais ses enfants avaient besoin de sa présence.

« Maintenant, il est temps que je reprenne mon rôle de mère, j'ai été terrassé comme jamais. »

Cette phrase tu la connais n'est-ce pas ? Comment je peux me laisser aller alors que ma famille a besoin de moi, mais ma peine était si grande que le noir a pris place dans ma vie, plus rien n'existait. J'ai connu ma propre mort consciemment. Je n'avais plus rien à donner, je ne ressentais plus rien.

Un corps, je n'étais plus là.

Une vie ordinaire, c'était fini.

Et je ne croyais pas si bien dire.

Oui, son champ de vision s'est développé au cours de son face-à-face.

L'obscurité est la plus grande maîtresse.

J'avais eu de la chance que mon fils Benoit soit pris en charge, je n'aurai pas su lui apporter ce dont il avait besoin, c'est si atroce de se dire cela. Je suis sa mère, comment j'ai pu le laisser comme cela. Toute ma vie j'aurai mal de ne pas l'avoir câliné chaque soir de sa vie d'enfant.

J'ai perdu mon mari et mon enfant ce jour-là.

Je me suis perdue moi-même. J'ai perdu Lenny.

Ma vie de famille complètement détruite.

Mon incapacité à vivre s'est étendue des années.

Je suis là aujourd'hui pour témoigner de mon vide intérieur que j'ai depuis ma naissance qui a implosé à la mort d'Erwan.

Combien de fois je ressens cet animal coincé dans mon corps, je me sens enfermée totalement dans une vie étriquée.

Chaque personne essaie de rentrer dans une petite case alors que nous sommes tellement plus grands.

Une explosion d'étincelles.

Une forêt illimitée de couleurs, de créatures.

Ce drame m'a éloigné de ce monde périmé.

J'ai retrouvé mon âme à travers le chaos.

777

Comment je vais vivre ma vie de mère aujourd'hui, je ne suis plus la même.

Vont-ils me reconnaître ?

Marie était empreinte de doutes, fallait-il faire semblant à nouveau de parler de sujets sans intérêts ? Tout autour d'elle paraissait faux.

Elle était attirée par les animaux, l'amour divin.

Et pourtant en elle, un CRI voulait sortir du plus profond de ses entrailles comme pour dire, ne me retenez plus, laissez-moi voler !

Laissez-moi déployer mes ailes.

Elle appelle au centre de Benoit.

— Madame Breloque.

Oui ici, Madame Marciel.

J'appelle pour Benoit, puis-je venir le voir aujourd'hui ?

Ne laissant pas la femme de l'accueil poursuivre…

En réalité je vous demande de rassembler ses affaires, je viens le chercher, il est temps d'en finir avec ce centre. C'est mon fils.

— Mais Madame, vous ne pouvez pas prendre de décision hâtive…

— Écoutez-moi bien. J'arrive.

Marie est déterminée à reprendre la garde de son fils Benoit en acceptant totalement la femme qu'elle est devenue.

Elle enfile ses baskets, enfile une chemise, prends ses clés de voiture.

L'élan était pris, plus personne ne pouvait l'arrêter.

Elle appelle Lenny en allant à sa voiture.

Il la met sur répondeur encore fâché de leur altercation du matin.

Surprise, il rappelle.

— Maman, je m'excuse, j'ai déconné ce matin…

— Ça te dit de venir retrouver ton frère et que l'on parte à l'aventure tous les 3 ?

— T'es sérieuse ?

— Oui.

— Alors, j'en dis que je kiffe retrouver ma mère.

Marie, émue, pleure, mais ne le montre pas.

Sauf que de lui aussi est très ému, c'est une intense reconnexion qui a lieu.

— Où es-tu ?

— Chez Karine (Karine est une amie à Lenny), mais vas-y je suis chaud pour partir avec toi.

— J'arrive, je klaxonne quand je suis devant.

— C'est bon.

Une fois raccroché, les deux sont hallucinés de ce qu'il se passe.

Une folie, mais la vie se doit d'être vécue, se dit Marie à ce moment-là.

La lionne est de retour.

La culpabilité avait fait place à une force indestructible.

La voiture familiale arrive sur le parking de la bijouterie en face de chez Karine.

Elle klaxonne. Lenny tire le rideau, aperçoit sa mère, et est fou de joie.

Qu'elle reprenne sa place de Mère lui toucha profondément le cœur.

Il sort court vers elle.

Il entre dans la voiture, la prend dans ses bras. À croire qu'il attendait ce jour au plus profond de lui depuis très longtemps.

Les deux étaient en larmes autant de profondes libérations d'avoir autant souffert l'un sans l'autre que d'amour de se retrouver.

Un cycle se terminait et un autre était en marche.

— C'est parti, on va chercher notre bébé, dit Marie en regardant Lenny, l'air marrante.

— Oui, crois-tu qu'ils vont nous laisser faire ?

— Laisse-moi faire.

La route était silencieuse, la paix était au rendez-vous.

La complétude avait pris place dans le corps de Marie.

Elle savait que plus personne n'aurait son mot à dire face à ses décisions, car son cœur était aux commandes.

Les vibrations de bonheur étaient si fortes que les mots étaient inutiles.

Le panneau du centre défraîchi lui donna un coup de froid.

Pour elle, elle cassait toutes les barrières qu'auparavant elle n'osait franchir par crainte de déranger ou de mal faire.

2022

Nîmes, c'est fini.

Lenny annonce qu'il va se marier à sa mère et à son frère.

Ils sont autour d'une table dans un parc. Sur le sentier parcouru, il a croisé, capté le regard de sa dulcinée.

Elle avait décidé de les suivre sans appel de sa famille.

Le jour où Marie a récupéré Benoit, ils sont vraiment partis tous les 3 sans destination.

Le désir de se retrouver et tourner la page était plus fort que tout.

Marie gérer l'argent de son côté, ils étaient à l'abri.

Et puis après une grande conversation, ils ont décidé ensemble de vendre leur maison ce qui leur a permis de vivre comme ils le souhaitaient.

Leur amie Karine avait fait un vide-maison et leur avait envoyé l'argent et gardé une part dûe à son travail qui leur a permis de ne pas revenir.

On ne peut pas arrêter une femme qui a repris son pouvoir personnel.

Il n'était plus question de maquiller les apparences.

Leur promesse respective était de s'aimer mutuellement comme ils sont vraiment pour toujours. L'amour inconditionnel a pris le pouvoir dans cette famille et rien ne pouvait plus intervenir à l'encontre de cela.

Chapitre 11
Pouvoir ultime

Le quotidien était adapté aux besoins de chacun.

La question était de savoir s'ils continuaient leur voyage ou s'ils voulaient se déposer quelque part.

Ils avaient acheté une caravane, Marie et Lenny sont devenus une équipe complémentaire pour les actes du quotidien pour le confort de Benoit.

Ils avaient juste envie de vivre ensemble pour toutes les années où ce ne fut pas le cas.

06 mai 2023

Ils se retrouvent face au Mont Saint-Michel.

Cet îlot dégage une puissance si forte que nos corps s'en imprègnent et ne peuvent que rester statiques un court instant. C'est si beau, sa baie nous donne l'envie de nous fondre dans le paysage.

Une beauté pareille ne peut que nous rendre à l'évidence. La terre est remplie de cadeaux à découvrir.

Sa voix se mit à chantonner une musique douce. Ses fils la regardèrent, pétris d'admiration.

Tout était clair entre eux aujourd'hui. TOUT A ÉTÉ DIT ET PARDONNE.

Ils n'avaient plus qu'à apprécier le nouveau chapitre de leur vie.

— Et si nous allions manger les brother's ? rappa Marie.

— Yepa mama.

Lenny regarde Benoit et le mot qui sortit de leur bouche en même temps est :

— BURGERRRRRR !

Marie se mit à rire et regarda sur son téléphone.

Elle tape sur Google, Burger en Normandie.

Elle trouve que Le Denver sonne bien. Alors pourquoi pas ?

Elle insère l'adresse sur son GPS et Here we gooo…

Une fois installés à table, ils passent commande. Ils sont tellement heureux de manger tous les 3 dans un endroit comme celui-là.

Les moments simples de la vie sont les meilleurs.

Lenny croque dans son hamburger quand il voit au loin que le DJ met en place un micro pour une soirée spéciale karaoké.

Marie repère son œil malicieux et lui dit :

— Non, n'y pense même pas !

— Allez viens on s'amuse… ooohhh.

Benoit la regarde avec son air mignon.

— Bon ça vaaaa.

— Je vais choisir à ta place.

— D'accord.

Il choisit sa chanson préférée, « Pour que tu m'aimes encore » de Céline Dion.

La salle se remplit de plus en plus, ce lieu à l'air branché.

Effectivement c'est un soir de fête.

Plusieurs personnes passent puis vient le tour de Marie.

— Marie à ton tour, pour que tu m'aimes encore, oui on adooore. Se réjouit le Dj.

Marie regarde ses fils, elle flippe carrément. Elle n'avait pas idée que la salle passerait de 10 à 30 personnes.

Bon c'est pour s'amuser se dit-elle.

Devant le micro, elle se trouve maladroite et pourtant elle adore prendre le micro dans la main. Être devant tous ces gens est difficile pour elle, elle ne sait pas si elle va chanter faux pour faire la rigolote ou si elle va chanter avec son cœur.

Quand la musique se met à jouer, elle se laisse enivrer, comme si personne n'était là.

Les mots, la résonance des notes prirent possession d'elle et c'est son âme qui se mit à chanter.

C'était juste sublime.

Ce qu'elle ignore c'est que dans la salle se trouve un producteur.

Le monde est petit et si grand à la fois.

444

Celui-ci ne tarda pas à se présenter à Marie une fois la chanson finie.

Elle qui était stupéfaite de se lâcher à ce point publiquement tout en restant dans sa grâce naturelle.

— Madame ! Marc, producteur, enchanté !

Les trois, assis à la table, restèrent immobiles et cherchèrent les caméras de Rire & Comédie.

Marc, un homme avec une carrure charismatique, reformula sa phrase de présentation.

— Madame ! Marc, producteur, enchanté !

Les trois pouffèrent de RIRES.

— Pardon, Monsieur, c'est très marrant, mais nous allons partir. Nous avons passé un moment formidable ici, mangé comme des loups-garous et chanté comme une diva c'était top ! Merci.

Les enfants, on y vaaa, se mit à geindre Marie.

— Je ne pense pas que vous ayez bien entendu qui je suis.

Votre voix m'a non seulement mis mon steak par terre, mais en plus de cela votre timbre si angélique m'a transporté ailleurs.

Donc je suis Plus que favorable à vous transmettre ma carte pour une rencontre dans mon studio à Biarritz.

— Mon mari a toujours rêvé d'aller à Biarritz.

— Parfait, emmenez-le avec…

— Il est décédé.

Choquée de dévoiler sa vie privée à un inconnu et encore plus un professionnel de la musique soi-disant…

8

— Notre Pays Basque sera ravi de vous accueillir tous les 3.

Il y a mon adresse sur la carte, n'hésitez pas à me contacter si l'envie vous prend.

— D'accord merci.

— À bientôt Miss Cristal.

L'homme se retourne avec son air charmeur et surtout sûr de lui.

Benoit et Lenny hallucinent complètement. À leurs airs scotchés, elle intervient spontanément :

— Vous voyez bien les gars qu'il se régale à jouer un pari , redescendez sur terre !

Vous voyez bien que la carte est fausse.

Elle manipule le carton qui pourtant lui est bien réel. Elle reprend :

Tout le monde peut créer des cartes en carton, tiens-moi je vais prendre mon ordi et je vais me faire une carte de madame la duchesse de fitness…

— Ça pourrait marcher ! répond Benoit heureux.

— Oui sauf que le fitness, faudrait que je m'y remette d'ailleurs, ça fait un siècle… bref là n'est pas la question !?

— Pourquoi tu résistes à ton destin Maman, tu es une Chanteuse et ça, tout le monde le sait, rétorque Lenny.

— Mais n'importe quoi ! Où tu as vu ça ?

— Il est évident dit Lenny en regardant son petit frère, que nous avons toujours remarqué le bonheur de ton visage quand tu chantes depuis toujours. C'est si facile pour toi, si…

— Bon, ça suffit les bêtises, j'ai juste chanté pour TE faire plaisir pour que l'on s'amuse, on ne va pas partir dans le délire d'une carrière imaginaire.

Soyons quand même rationnel bon sang de bonsoir !

Les garçons explosent de rires à nouveau :

— Bon sang de bonsoir, ohh mamiiiie. Se tord de rire Lenny en aidant son frère à se remettre à l'aise dans son fauteuil.

La complicité fraternelle était au rendez-vous chaque jour que Dieu fait.

Chapitre 12
L'ouverture

Après avoir repris la route, la maman demande à ses enfants quels sont leurs besoins présents.

— Mes amours ! Nous avions besoin de partir, nous retrouver ailleurs.

Maintenant que nous avons vécu de grannndes vacances, il est peut-être temps de se pencher sur vos projets personnels.

Le téléphone de Lenny sonne, c'est Lola, sa fiancée.

— Tiens en parlant de projet personnel ! sourit amoureusement Lenny.

— Bah réponds, soupire Benoit.

— Oui ma douce, comment vas-tu ? s'extasie Lenny.

— Tu as parlé de nos retrouvailles avec ta famille de ce soir ? lui chuchota-t-elle.

— Tu tombes à pic ma mère justement nous demandait à l'instant quels étaient nos projets à venir à Benoit et moi.

— OK, parce que le jour où j'ai dû partir pour mon travail m'a rendu si triste mon doudou d'amour.

— Je sais ma douce colombe.

Le bruit d'un rire coincé dans un nez ou une gorge se fit entendre…

Vous êtes jaloux de mon amour d'amour amour amouuur.

— Bon c'est bien mignon tout plein, mais abrège, dit Marie.

— Très bien, alors je propose que l'on aille à Bruxelles retrouver ma chérie !

Benoit transforma ses yeux en billes lumineuses

— OOOH ouiiiiii ! Maman ! MAMANNN en chantant Benoit ne peut faire autrement qu'exprimer son excitation.

Marie s'arrête au bord de la route.

— OK les amis, nous allons prendre une décision tous les 4 ;

C'est simple, qui vote Oui pooour rejoinnndre Lola à Bruxelles ?

TOUT LE MONDE CRIE OUIIIIII.

L'agitation est telle que Lenny attend l'approbation concrète de sa mère.

Elle comprend automatiquement et lui fit un signe de la tête pour valider le oui.

— INCROYABLE MA CHÉRIE ON ARRIVE ! Merci mamaaaan !

— Oui merci mamaaan. Tu crois qu'il y a de gros éléphants à Bruxelles ? demande Benoit.

Marie sourit et ajoute :

— Je vais surtout m'arrêter mettre de l'essence les loulous et mettre en place le GPS pour notre nouvelle destination. Bisou Lola. On te tient au courant de notre avancée.

Elle repère un magasin avec une station d'essence non loin de là.

Elle se dit qu'il est temps de se ravitailler et de prendre l'air avant de prendre la route pour ce magnifique voyage, destination l'amour !

Lenny s'occupait de son frère et se mit à ressentir la gratitude extrême d'être avec sa famille et d'être autant aimé pour que tous ses souhaits se réalisent.

Retrouver sa fiancée à Bruxelles était si inattendu. Il n'aurait pas cru que ce soit si facile.

Il pensait devoir trouver mille et une idées et excuses pour les convaincre et, au final, rien du tout.

Il voyait sa mère qui avait retrouvé sa force de vie et il était reconnaissant, car il a vraiment cru à une époque l'avoir perdu à tout jamais.

Marie revient vers la voiture, les bras remplis de courses et le sourire éclatant.

Jamais elle n'aurait imaginé vivre à nouveau des moments pareils.

La vie avait refait surface.

Chapitre 13
Les merveilles du présent

Lenny de nouveau attentif au chemin à prendre, conseil à sa mère de prendre la première sortie à droite.

Elle ronchonne et prend à gauche.

— Pourquoi tu ne m'écoutes pas ? rouspète Lenny.

— Parce que je suis une grande fille et je sens que c'est mieux à gauche, réplique Marie, doucement.

— Tu sens ? Humhummmm.

— Oui, je ressens si tu préfères, elle regarde Benoit qui mange un gâteau goulûment et fait mine de croquer dedans, hummm il est bon ce gâteau…

— Bon tu vois… ah ouais c'était là, pourtant la carte disait à droite.

— Mon chéri, la meilleure des cartes est ton ressenti intérieur, n'oublie jamais cela.

— Oui mamannnn. Lenny s'approche de sa mère et lui fait un bisou sur la joue en guise d'admiration.

— Vous vous rendez compte que nous arrivons dans 2 h !

— C'est hyper facile la route en fait.

— Exact, on est une superbe équipe.

— Au fait, Benoit, veux-tu reprendre l'école en septembre dans une structure ou veux-tu faire l'école à la maison ?

— J'ai le temps pour y réfléchir maman ?

— Bien évidemment mon chéri.

Nous sommes larges encore pour prendre la décision finale.

Quoique nous sommes en juin déjà. Je ne sais pas si ce n'est pas déjà grillé pour la rentrée à venir.

Elle se gratte la tête inquiète.

Benoit rebondit en disant tendrement :

— C'est sûrement un signe du destin en lui faisant un clin d'œil à travers le rétroviseur.

— C'est quand même important que tu ais une vie sociale, mon petit ourson.

On va dire que arrivés à Bruxelles nous prendrons un temps tous les deux pour choisir ce qui est bon pour ton éducation.

— Je peux donner mon avis ? Lenny prend un paquet de saucisses dans la main.

On s'arrête mangerrrrr !

Elle s'arrête à l'aire d'autoroute suivante 5 km plus tard.

— Mets la musique en attendant Cow-boy !

La route n'est pas la plus belle sur l'autoroute, mais de voir les décors se transformer au fil des kilomètres ravivait le cœur des passagers.

Partir loin pour se mouvoir au gré du vent.

Je vivais à cette époque qui n'est pas si loin, une péripétie riche en rebondissements, le monde extérieur avait fini de m'effrayer. Je ne pensais plus qu'une bombe allait m'exploser dessus au moindre mouvement.

Je retrouvais le plaisir de me fondre à l'univers.

Chaque personne qui était sur ma route m'a apporté des cadeaux inestimables.

Ils m'ont aidé à guérir, à me reconstruire telle que je suis vraiment.

La patience a été de mise durant toutes ces années, la frustration était devenue ma meilleure amie, moi qui était une amoureuse de la vie, j'ai valsé avec la mort.

Je vous avais dit que j'attendais un message à la terrasse de mon café à Paris au début de mon récit n'est-ce pas ?

C'était bien le producteur, vous savez au Denver…

Je l'ai contacté discrètement sans en parler à mes enfants, car je n'étais pas sûre du tout que ce soit quelqu'un de sérieux ce Marc.

Le fameux message que j'attendais est arrivé. Vous voulez savoir ?

OK…

Marie,
Votre prestation au gala du Nouvel An était remarquable.
Une étoile est née.

Marc

Oui, nous avons fêté le Nouvel An 2024 à Paris, car j'ai été invité à me produire en direct dans un cabaret réputé.

3

« LE MOULIN ROUGE. »

Ouiii Marc est un producteur international.

Quand nous étions à Bruxelles, j'ai subitement eu l'envie de lui envoyer un message, car la vie m'a poussé à le faire sans raison.

J'aurais pu vous dire que j'ai entendu Céline Dion à la radio chanter « Pour que tu m'aimes encore ». Mais même pas.

Un jour que nous nous promenions en famille avec la famille adorée de Lola ma belle-fille. J'ai eu l'instinct de lui écrire et depuis tout s'est enchaîné jusqu'à ce jour de prestation soudaine.

Une néophyte au Moulin ROUGE.

Oui mes amis, j'ai commencé l'année 2024 dans une robe de couturier brillante noire, avec des gants en soie blancs, un chignon tiré en bas et un collier en diamant.

Une femme telle que je ne l'avais jamais été et qui est finalement ***qui je suis.***

Imprimé en Allemagne
Achevé d'imprimer en mars 2024
Dépôt légal : mars 2024

Pour

Le Lys Bleu Éditions
40, rue du Louvre
75001 Paris